U0132674

月色
荒凉
了天明

YUESEHUANGLIANG

♥ 主编／花火工作室

湖南少年儿童出版社

图书在版编目（ＣＩＰ）数据

月色荒凉了天明 / 花火工作室主编 . —长沙：湖
南少年儿童出版社，2010.10
（花火精装系列）
ISBN 978-7-5358-5806-1

Ⅰ．①月… Ⅱ．①花… Ⅲ．①长篇小说－中国－当代
Ⅳ．① I247.5

中国版本图书馆 CIP 数据核字 (2010) 第 191475 号

总 策 划：	邹立勋
责任编辑：	周　霞　　刘艳彬
创意策划：	杜莉萍　　向婷婷
特约编辑：	缪　丹　　郭玲玲
视觉创意：	陈婷婷
封面摄影：	Aaron sky
出 版 人：	胡　坚
出版发行：	湖南少年儿童出版社
地　　址：	湖南省长沙市晚报大道 89 号
邮　　编：	410016
电　　话：	0731-82196340　82196334（销售部）　　82196313（总编室）
传　　真：	0731-82199308（销售部）　　　82196330（综合管理部）
经　　销：	新华书店
常年法律顾问：	北京市长安律师事务所长沙分所　张晓军律师
印　　刷：	湖南凌华印务有限责任公司
开　　本：	880mm×1230mm　1/32
印　　张：	6.5
版　　次：	2010 年 11 月第 1 版
印　　次：	2010 年 11 月第 1 版第 1 次印刷
定　　价：	9.80 元

目录 | CONTENTS

花火精装版 | 第十一辑

花火

目录 | CONTENTS

花火精装版 | 第十一辑

【本期实习导播】：

开始转行做导播的小狸

【本期首席摄像】：

朵爷的新宠网络部小正太 HP

【本期闪亮主持人】：

终于爬上主持人位置的调调 & 毫无悬念的少女小锅

【本期新闻提要】：

1. 丐小亥转行做小蜜，"小锅有约"爆料个中真相！

2. 调调假寐偷听小锅与富二代不得不说的故事！

3. 狸崽不甘于形单影只，上山求签竟然发现惊人秘密！

【节目正式开始】：

小锅：亲爱的观众喷油们！欢迎来到活色生香的花 TV 栏目！我是你们最美丽的主持人小锅！

调调：哟嘿！姐来了……第一次从幕后走到幕前，姐的心情激动得无法用语言来形容……小锅，快点访问我现在的感受，我好有被访问的欲望啊！

小锅：调姐，咱们俩现在在做节目呢，这样子搞会被 BOSS 扣钱的！

调调：我不管，你要是不访问我，我就不让你过稿子！

小锅：你不让我过稿子，我就去贴吧发你一直默默暗恋大 BOSS 这件事！

调调：你敢去发，我就——

(忍无可忍的狸崽终于冲了上来:够了！还做不做节目，一点职业道德都没有……)

小锅：哦哟~狸崽做了导播后好凶哦！调姐，不让她过稿子！

调调：就是，敢对老娘大呼小叫，小锅，去贴吧发她暗恋食堂大师傅的事！

小锅：没问题！你记得去顶贴哟！

(欲哭无泪的狸崽：……呜呜！调姐，我错了……)

调调：小锅啊，最近丐小亥那厮怎么了，整个人怪里怪气的！

小锅：唉~这事任谁都会辛酸的，看了下面这条新闻，你就明白了……唉~红颜祸水哦……

丐小亥

蓝朵朵

丐小亥

小锅

新闻一：
丐小亥转行做小蜜，"小锅有约"爆料个中真相！

　　这几天过得真是好生无聊，都没有什么八卦新闻能让我乐和乐和（……）。

　　在某个无聊的早会上，百无聊赖的小锅忽然看到旁边的丐小亥很奇怪，眼睛一直盯着某一点，一动不动！沿着这个道找下去，竟然发现视线那头的人是……人称朵爷的蓝朵朵！

　　只见小亥看一眼朵爷，叹一口气，看一眼，再叹一口气……发生什么事了？上一期还粘得跟牛皮糖一样的两人吵架了吗？是分手，抛弃，还是另有隐情？

　　（接下来，前方记者小锅将为你们进行现场连线报道）

　　记者锅：小亥同学，你跟蓝朵朵之间还和谐吗，有发生什么不愉快的事情吗？

　　丐小亥：唉~都说……女人心，海底针，翻脸比翻书还快！万万没想到，这种像爷们儿一样的女人翻脸翻得更快！

记者锅：据说，朵爷最近好像有了个新欢，是那个网络部的小帅哥吗？

丐小亥：不就是那个鬼崽子吗！啧啧啧，瘦得跟牙签似的，还是个 90 后，朵爷竟然也下得了手！

记者锅：啊！告诉正在收看花 TV 的观众们，你这个表情这几句话……是代表你在吃醋吗？

丐小亥：放屁！哥吃的不是醋，是寂寞！你说我哪点比不上那根牙签，哥不高吗，哥不白吗，哥不帅吗！

记者锅：呵呵呵……你没他瘦啊！

丐小亥：……

记者锅：咱别讨论这么伤感的话题了！！天涯何处无芳草，况且还是条汉子般的女人！

丐小亥：是的！哥要化悲愤为力量……我要雄起！

记者锅：好样的！！请问，你接下来有什么目标吗？比如怎么夺回你的旧爱……

丐小亥：刚开始，心灰意冷得很，甚至有想过去【消音】！不过我是个有骨气的人，所以，我想到了一个更有前途的工作，就是给大 BOSS 当小蜜！

记者锅：小蜜？！ BOSS 也是男的！

丐小亥：不是那个小蜜！是小秘……秘书咧！这样，我就能天天在 BOSS 耳边说这两个人的坏话了，啊哈哈哈……

记者锅：……这男人疯了！

丐小亥：你才疯了呢！你全家都疯了！

记者锅：那在这条新闻的最后，有没有什么话对他们两个人说的呢？

丐小亥：朵爷和 HP，祝你们两个……白头偕老，永世不得超生……

记者锅：啊！够了够了……由于当事人情绪太过于激动和早会已经结束了的缘故，小锅决定停止这个采访……请导播把屏幕切回去……

【八卦骚动先锋小锅现场报道】

调调：啧啧，原来爱情把一个正常人逼得如此丧心病狂……

小锅：小亥和朵朵每天抬头不见低头见的，内心该多么滴煎熬哟！

调调：可怜的小东西……让姐姐我去慰藉他受伤的心灵吧！

小锅：调姐……我要呕了！

调调：……哼！你这个站着说话不腰疼的女人，你找到了满意的男友当然无所谓啦！

小锅：吓人！你怎么知道这件事的！我记得我……一直低调得很啊，防止从哪里跳个女人出来跟我抢！

调调：呵呵呵……若要人不知，除非己莫为！来看下面这条本调亲自采集报道的新闻，就知道了——

新闻二 ：
调调假寐偷听小锅与富二代不得不说的故事！

对于少女锅要嫁富二代的远大理想，大家心里一向都很清楚。一直以来，我们都以为这只是一个傻妞内心对未来的美好向往而已，没想到它竟然也有实现的一天！

事情要追溯到某个阴雨绵绵的下班后的傍晚，某调正坐在 12X 公交车的最后一排闭目养神，希望能够早点回家睡觉。然后隐隐约约地听到朵爷和小锅在前面窃窃私语：

纯洁的朵爷：你们这么多年没见面了，你知道他的家世以后就跟他交往，这样还是不好吧？

坚定的小锅：没有呀，去年过年的时候，还一起玩了呢。

八卦的朵爷：告诉我，你是怎么知道他是富二代的？

犀利的小锅：就打电话的时候，他告诉我他陪他爸爸在某个山坡上看地皮呀，他们家要建两套别墅之类的……

一直闭目养神的某调顿时睁开了眼睛，八卦的因子全部都调动起来，不动声色地听着那两只少女的谈话。

大概内容就是一个好久不见的喜欢流鼻涕的初中男同学，突然就跟小锅联系上了，然后又好巧不巧地让小锅知道他是富二代的事实，然后两个人就……

唉，这道德败坏的事情，我都不好意思说下去了，老天啊，什么时候思想端正，道德高尚的某调也能遇到个富二代呢？……

【潜伏在八卦第一线的劳模调报道】

小锅：我记得……我们讨论的时候，声音很小呀！

调调：小个屁！包括我在内，整车人都听见了……说不定司机都竖起耳朵听得津津有味的……

小锅：不扩能吧！

调调：谁知道呢，这（第四声）种（第四声）事情，对方又是个富二代，大家都会好奇的嘛！

小锅：调姐！你别把"这种"咬得那么重，观众会误会的啦！

调调：呵呵呵……我偷偷问个问题！

小锅：问。

调调：那个男生……有哥哥吗？呵呵呵……

小锅：他有个姐姐！

调调：……算了！我们来看个广告吧，请大家马上离开，不要回来……

小锅：说反了！

【花 TV 广告】
放不下的《花火精装版》

男主角：许久未曾露面的小狮
女主角：伸手不见五指的深蓝

在空无一人的办公室里，唯有角落里亮着一盏微弱的小灯，还有旁边那个在

深蓝

小狮

蓝朵朵

移动的桶装水……等下！桶装水？在移动？……公司终于闹鬼了吗！（深蓝：去死吧……我是有多黑！）

定睛一看，原来是深蓝啊，她抱着一桶水，试图放到饮水机上！

深蓝（抹了一把额头上的汗）：公司里还有活的男人吗？都死光了吗？竟然沦落到我如此柔弱的一个小女子在换水……

（导演锅：抗议！抗议演员不经过导演的批准就私自更换台词！）

（深蓝：……老娘只不过加了个"柔弱"和"小"字而已！很过分吗？！）

正在这个关键的时刻，小狮手里拿着一本《花火精装版》一边看一边从门口走了进来，毫无意外，他也被眼前这个诡异的场景吓了一跳！

小狮：我嘞个去……见鬼了……那个桶子竟然在动耶！

深蓝：耶你个大头……不要这么娘好吗？是老娘在换水！

小狮：噢！原来是深蓝啊……怪不得看不见人影！你在换水！要我帮你喊朵爷来换不？我们那个办公室的水都是她一个人换的！

（导演锅：麻烦你照着剧本演好吗？！不然我就换木卫四了啦！）

小狮：好吧……亲爱的深蓝姑娘，需要我的帮忙吗？

深蓝（咬牙切齿）：你说呢！老娘手都要断了！

小狮在原地犹豫了半天，换水就要放下手中的《花火精装版》，可是刚好看到高潮部分呢！好舍不得放下！

放，还是不放呢？

深蓝（终于忍不住了）：麻烦你拿出点男人的气概，活得洒脱一点好吗！

小狮（计上心头）：我来教你换吧，首先，你双手紧握住水桶，再刷地扛到肩上，稳住后，再对准饮水机……

深蓝（爆发）：……闭嘴！信不信，老娘一巴掌抽死你！

小狮：那……你等我看完这本《花火精装版》，我就给你换……里面朵爷和小亥的绯闻好劲爆呢！

深蓝：等你看完老娘都死了……你再不换，我就放火烧了这厮！

（调调：你敢烧……我跟你拼了！）

小狮（无奈）：好吧好吧……我来换！

深呼吸，深呼吸，深呼吸……小狮发出一声吼，然后弯腰，一个干净利落的"鲁智深倒拔垂杨柳"就把桶子给扛了起来……然后一屁股摔在了地上！

深蓝（不停地摇头）：啧啧……果然编辑部里没有一个是真汉子！

这一幕恰好被刚进门的朵爷看到了，只听见她鼻子里哼出了极其不屑的一个声音，利索地上来，单手提起水桶，刷地扛到肩上，刷地放在饮水机上，几秒钟内就轻轻松松换好了水……

面对一脸崇拜的深蓝和一脸痴呆的小狮，朵爷啥也没说，留下意味深长的一个笑容，消失在 X 中……

调调：朵爷果然是纯爷们儿！

小锅：小狮果然是个纯娘们儿！

调调：为什么我们身边都没有一个可以用的男人！

小锅：对啊，可怜的狸崽都准备周末去 X 山出家了耶！

调调：放屁！她是去庙里跟菩萨求姻缘……

小锅：结果呢？

调调：结果……好像在山里她一不小心看到了有人在喂奶……

小锅：哦哟~~在这么神圣的地方喂奶……好过分哦！

调调：来……我们看下一条报道——

新闻三：
狸崽不甘于形单影只，上山求签竟然发现惊人秘密！

　　最近，编辑部的那群女人日子过得极其滋润，朵爷抛弃丐小亥甩开臂膀撒欢儿投入了网络部某正太的怀抱，两个狗男女开始了大手（朵爷的……）牵小手（小鸟依人的某正太的……）的同居（小锅：狸崽，其实……我也在呢！）生活，而小锅顶着那张扑了三层粉的伪少女脸勾引了个货真价实的富二代浓情蜜意山盟海誓的，编辑部里就只看到狸崽孤苦伶仃，形单影只地像只游魂般飘来飘去（……），剩女的辛酸血泪谁人知？！于是狸崽拍案而起，决定要用双手改变自己的命运——去Ｘ山（佛教某著名景点）拜佛求个男人！

　　蓝朵朵：哇，狸崽！你要去拜佛哟，帮我问下菩萨花火村的猪啥时可以出圈！

　　曾跟前男友在衡山甜蜜分享过腐乳的调调：狸崽，记得给我带两大罐衡山腐

乳回来！人已不在了，吃吃腐乳就当怀念吧，唉。

小锅：嗯！狸崽，记得帮我问下菩萨我什么时候能够嫁出去……

挥泪告别了编辑部那群饥渴的女人，狸崽三跪九叩地来到了 X 山脚下，安全抵达了传说中香火最鼎盛的姻缘庙，狸崽虔心地摇啊摇啊摇，念念有词"我要嫁人，我要嫁人，我要嫁人……"（菩萨：够了，我晓得你要嫁人！）终于倒出了一大把签，狸崽很 HAPPY 地从地上捡了一根后，奔向门口解签的方丈那里……

"占卦分明不中平／不必强求结成亲／若要仙女成婚配／抛散姻缘两路行……女施主，好签啊！上上签啊！解签费 50 元，隔壁排队买票，凭票解签！下一位……"

摸了摸钱包里最后一张钞票……算了，大不了徒步回长沙嘛，能嫁出去才是最要紧的！（小锅：狸崽，你要多明显！）

两个小时后，带着方丈那句"女施主，你很快就会红鸾星动，嫁个好人家"的美好祝福，狸崽心满意足地跨出了寺庙的大门……

【直到现在还未清醒的小狸报道】

小锅：调姐，腐乳好吃吗？

调调：吃个屁啊，狸崽沉浸在上上签中乐不思蜀，根本就忘了这回事。

小锅：呀！这厮太大逆不道了！不让她过稿子。

调调：算了……腐乳永远留在我的心里……

小锅：突然好冷……

调调：……（变脸）今天我们的花 TV 时间差不多了……可以结束了……导播你怎么回事啊！都要超时了，也不提醒我们！

导播狸：……555！明明是你聊腐乳聊得很欢乐！

小锅：今天的花 TV 就到这里结束了！感谢大家的支持和热爱……

调调：欢迎大家下期准时收看这个栏目呀！

首页 ‖ 日志 ‖ 相册 ‖ 作品 ‖ 收藏 ‖ 关于我

失眠王子的社区

文 /7998

X 年 X 月 X 日　周日

天气：多云，低温 24℃，无持续风向，吹和缓微风。

签名：失眠王子 & 纸片人 & 没睡醒 & 熊猫眼 & 怨念！

　　手上还欠着好几篇稿子，这两天就要交了，但就是在这种时刻，我居然还奢侈地失眠了。

　　从 12 点开始，在床上熬到凌晨 2 点，很困，但是睡不着。

　　我应该是和失眠有不解之缘的，记得我很久以前在 KTV 唱的第一句歌词就是"仍然倚在失眠夜望天边星宿，仍然听见小提琴如泣似诉在挑逗。"

　　嗯，那次我也是失眠，凌晨 4 点一个人跑去 KTV。

　　女友是一个无论何时何地都能睡着的人，就算她在和我通着电话，但只要倒在床上超过三分钟，便会睡着。而我永远对她这种天赋异禀垂涎不已但却无缘。

　　我记得某次去长沙时，我也失眠了，然后第二天穿着牛仔裤、衬衫、小西装和布鞋就去了机场。嗯，那时是冬天，而且下着暴雪。接机的朋友问我："请问你来长沙是抱了必死的决心吗？"

　　事实上我没有。

　　后来我在机场买了一件大衣披上，然后和若若梨（蓝朵朵）以及狮子去吃饭，当我脱下大衣的时候，狮子说："哎呀，里面穿得还是挺漂亮的啊。"

　　于是我特尴尬了，买的大衣太丑，但为了生命，我别无选择。

　　女友告诉过我，睡不着就数绵羊，但我数着数着，就觉得无聊，于是开始数起了其他的动物。那天晚上，我从鳄鱼数到蜂鸟，从树懒数到箭鱼，从海牛数到蚂蚁……我用了一晚上的时间，数了几乎地球上所有的生物，到凌晨 6 点时还是精神焕发。之后被女友大骂一通，说以后只能数绵羊。于是第二晚，因为我数学不好，所以我数到 9999 亿之后不知道要如何继续下去，但那时已经天亮了。

　　后来女友决定来我家为我示范如何正确地迅速地入睡，然后她发现了我床头的安眠药，她吃了一颗，说："这东西有用……"

　　那个"吗"字还没说出来，她就已经睡着了。

　　在十几个小时之后，我准备叫白车的时候，她才悠悠地醒来，说："你学会了没？"

　　唉，现在我只希望全世界所有的人都陪我失眠。🐾

网管的爆料生活

文／经常露面的网管　　　2010 年 X 月 X 日　　星期五

个性签名：临近周末，好想 BOSS！

最近活得好迷茫，除了吃烧烤、喝可乐、整天躲在公司的小黑屋里躲避帮忙修电脑这回事……之外，还有什么事情干的呢？（BOSS：小弟弟，我们来玩捉迷藏啊）对了，防火防盗防 BOSS 也是重中之重！

据丐小亥那厮说，今天中午他和小狮在办公室睡觉，BOSS 竟然去敲门！把他和小狮吓得赶紧穿上了裤子，听到 BOSS 凶神恶煞地说"上班啦，上班啦"。听说BOSS 还下楼把大厦的保安也叫醒了，整栋楼都响彻他"上班啦，上班啦"的声音……

嗯，我是不是爆了 BOSS 的料……呵呵呵，我就是这么任性的人啊！

下午，照例是每个月的例会，每次开例会都会有蛋糕吃，今天也不例外。我端着一盒满满的蛋糕坐在木卫四旁，因为想起身帮大家分发蛋糕，又怕木卫四会偷吃我的蛋糕，于是我端起蛋糕假装在上面吐了两口口水……我假装而已……不信你问木卫四，后来他还是吃了我的那盒蛋糕！

人生处处不平等！我坐在这间小办公室里热得恨不得把【你们懂的】脱了送给 BOSS，让他摸摸这条沉甸甸的【你们懂的】是有多湿，内心会不会愧疚！更令人气愤的是，路过文编部，看到小锅和小狸竟然每人披着一床十斤重的被子……颤抖着身子在上班……你们是有多冷，有本事把暖宝宝贴在脸上啊！（我真担心她们贴了这个东西！）

去年过年的时候，我给我妈看我们公司的集体照，然后对我妈炫耀说："你看我们公司的美女好多吧！"我妈看了一眼后说："还行吧，你怎么不在里面挑一个？"我说："她们好多都结婚了，没结婚的压根不想结婚。"我妈又问："那这个男的也没女朋友吗？"我以为她指的是小狮，结果一看，我妈指的竟然是蓝朵朵……

版面有限，我还有很多料要爆的，调姐，你别拦着我，我不会把你去乌镇旅游时把饭店的浴巾都带回家的事告诉大家的，我只是想让大家多了解一下我们！

月色荒凉了天明

YUESE HUANGLIANG LE TIANMING

文／清忧

　　这个夏天，我一个人蜷缩在地板上看很老的港剧，从《上海滩》到《流金岁月》。冗长熟悉的剧情，看着看着便沉沉地睡去，醒来的时候是午夜，窗外的月色一片皎洁。突然就想起来了，是谁曾在月光底下说过的傻话——以后永远都在一起吧。

　　那时的我们，太年轻，十六岁的光景里，不知道自己的明天是什么样子。牵手走过学校外面散发着浓香的蛋糕店，两个人用口袋里仅剩的钱换来一块蓝莓味的蛋糕，也能高兴一整天。在学校外面的书店，我们趴在书架上面，我看漫画你看武侠，在老板嫌弃的目光中仍能笑出声音。

　　开始的两年，从没有寂寞的时刻，每天凌晨都有你催我起床的 Morning Call。在学校的跑道上，每天清晨，我们踩着彼此的脚后跟在进行曲的旋律中一前一后地晨跑。每个早读后，你递给我藏在袖中的鸡蛋，带着你的气息的鸡蛋自你手上到我嘴里。暑假分离的前一天，两个人躺在学校的草地上看星星，那时的月光像珍珠一样温润，你像个傻瓜似的说，以后永远都在一起吧。

　　曾以为这样就是一辈子了，可是所有的年轻都会消逝，所有的小满足都会被

月色荒凉了天明

YUESE HUANGLIANG LE TIANMING

时间消磨成细沙。在离开那座小城后，对物质的渴望，对未来的迷茫，我越来越多地抱怨，越来越不可理喻，最终你自我身边退离，有了包容你一切的其他女子。

于是后来的路上，我一个人跌跌撞撞一路前行，摸索，在生活里辗转。每日面无表情，却没有用心碎的分离换来曾经渴望过的生活。在那些孤独落寞的时刻，在一个人醒过来的半夜，我就会想起那年的月光，想起你傻瓜似的说永远的样子。

其实这些年，身边也有男生停留过。他们或温暖，或冷静，或矜持，或暴戾，却再也没有一个像你一样，在我烦闷的时候，借出耳朵任我倾倒垃圾，在我病痛时用自己的手握着我的手陪我到天明。在那些感冒发烧的时刻，曾有一个男生在厨房里将小米熬成稠稠的粥，在我的嘲弄声中面色绯红。这些光景可能直至我白发苍苍也不会再看到了。

从不肯承认自己后悔了，却总是会想起，以后再也没有一个人会随时随地任我骚扰，再也没有一个人陪我一起去吃饭……每每想到这些，眼泪就会落下来。

就是在这样突然醒过来的夏夜里，我再次想起你，看着天空的鱼肚白，月色终成了一片荒凉。你可知道，荒凉了这个天明的，除了月色还有不肯离去的回忆。🔘

洛丽塔
Luo lita
只是 太早爱上一个人
zhi shi tai zao
ai shang yi ge ren

● 文/阿荧　● 图/淘米

【作者感悟】

　　往往是因为一句话写一个故事。

　　写这篇文章的时候，最开始跳出来的话是："我已经老了，却还没有长大。"像巫婆念出了一句魔咒，于是写作的人就疯掉了，一定要写出这个故事来。嘴唇红肿如花蕾的洛丽塔、指尖绽放的烟花、午夜的机车、滚落到地上的戒指……什么是真实发生过的事，什么是幻想，我都不太能分得清，包括最初的那句话从哪里出来的我也不知道。巫婆念了魔咒，写作者起舞，文中人展览伤痕，直到死亡或者伤口痊愈。如此而已。

我还记得最初听见朱的名字，饮品店外的阳光照得正好，菲姐接听了一个电话，声音顿时变得温柔："是的……不，我可以过来……好。"

　　芭比她们"咯咯"直笑，说菲姐这次真是被情场杀手朱某人给套牢了，我正跟果汁里的柠檬片作斗争，没有听清，大声问："猪？"她们笑着喊回来："朱！"

　　"就你们这些小妖精会嚼舌根！"菲姐笑骂着站起来，倒不生气，"快点去拍片，别等我了。"她开门出去，灰色裙摆在阳光里一闪，像是某种蛾子的翅膀。

　　"是，拍片。"芭比她们都是模特，而我是业余的那种，闲着客串两把，因为没名气，拍的都是平面，拍出来的东西大半用在小广告或者野志插页上。不过至少荷包里有银子进账，我不太在乎我的脸被用来糊墙还是用来包猪肉馅，反正到头来都一样，尘归尘土归土，我看得很透。

　　也许就我的年龄来说，看得太透，这样不容易快乐，我自己知道，什么都知道。

　　是菲姐带我入行的，她很爱我，曾经捧着我的样照喷喷称赞道："沧若你不做专业模特真是可惜，瞧瞧，瞧瞧，简直像洛丽塔。"

　　洛丽塔？我没看过那本书，去搜了几张剧照，对着那个翘鼻子黄头发嘴唇似一朵花蕾的女孩子愣了半天。我似她？不不，那个女孩子，一看就知道身上没有任何伤疤。菲姐弄错了，我怎么会是她。

　　但是芭比她们吃醋，拍片时拣了一件谁都不要穿的衣服给我。"反正洛丽塔穿什么都好看。"她们眨眨眼睛，说笑着。

　　那件衣服，腰围有我的两个那么大，能当睡袍穿，奇怪，不是说厂家送过来的服装都是标准码子吗？看来哪里都有劣等品，跟我这种人倒是相配，我没脾气地耸耸肩，找阿姨帮我扣别针。

　　"多吃点，你这么小的年纪跟伊们学什么减肥！熬坏的可是你自己的身体。"阿姨边狠狠给我束腰，边唠叨，"还有，护腕拿掉，根本和衣服不搭。"

　　我笑。心宽才会体胖，我只是没福气胖起来，还有，这个护腕若能摘掉，我就真的如菲姐所说当职业模特攀高枝儿去了，还用得着数理化苦读苦拼，顺便过来挣点小钱？她真的不明白。

　　活快做完时菲姐来了，看到我便说："这是什么衣服？你怎么搞的？"我笑了笑，不说话。她是老成了精的，心里头明白，就不再问下去了，拉我到旁边："月底有个PARTY，正好是周末，你去帮忙。报酬比拍片划算，我有个新手链可以借给你，很宽的，遮了就没事了，不过你别弄丢。"她把头一偏，忍不住坦白道："是刚刚跟他一起买的。"

　　灯光从她的侧面照过来，她的眼眸像一对琥珀，是半透明状，什么秘密都

藏不下，闪着羞涩幸福的光芒。我不知为什么会有一种不祥的预感。

却当真不幸被我料中。

月底还没到，我在楼梯口碰到菲姐。她整个身子趴在栏杆上，脸色灰白，好像刚刚被谁插了一刀，趴在那儿再也没力气站起来。

我奔过去："菲姐？！"

她看我，眼神没有焦点，好像认不出我是谁，过一会儿，想起来了。"哦，沧若。"她抬抬手指，"扶我回去，不要被别人看见。"

我扶住她，用力撑起她的身体，一路小心翼翼，总算没让任何人看见她这副狼狈的模样。我们回了房，锁了门，她往床上一倒，我急着问："菲姐，怎么了？"

她用手蒙着脸，吐出两个字："失恋。"

原来不是生癌。我放宽心，卷起袖子去给她拧热毛巾敷脸。

她的目光落在我的手腕上："其实做个手术，疤痕能去掉，你不知道？"

我一怔，礼貌地牵起嘴角："留着它，可以提醒我，自己做过什么傻事。"

"是吗？那些都是傻事吗？"她的眼神很迷茫，好像她才是十七岁的无知少女。

我欠身离开，没有忘记帮她轻轻把门阖上。

她照顾我这么久，我能做的，也不过帮她把门阖上。

月末那个派对，衣香鬓影，牛鬼蛇神，都不知是些什么人在胡混，四十岁的女人穿着二十岁小甜甜的超短裙，像好莱坞女星一样裸着肩膀歪着头走来走去，二十几岁的男人染着一头银发。我埋头端酒菜，忽然听见有人打招呼："朱……"

朱？我循着声音，找到那个白棉衬衫、宽肩膀、一头乌黑亮发的男人："朱？那个某某朱？"

"是，"他点头，露出一口白牙，"你是？"

我抡圆胳膊一个巴掌甩到他脸上，在他反应过来之前，像泥鳅一样穿过人群的缝隙逃走。我不会让他打回我的，我很有偷袭的经验。

后来菲姐听说了这件事，把我找去："沧若，沧若！你知不知道他人脉有多广？你这几天先不要来做事了，避避风头。"

我说："哦。"

"沧若，沧若！你怎么想起来打人的？初生牛犊，你就不知道怕吗？现在你给我回去！"

我说："哦。"然后转身走。

她在我后面轻轻说了一声："……谢谢。"

我牵牵嘴角。

人照顾我一尺，我还人一丈，我只知道这个理。怕？我不怕。以前因为长得好，有女孩子找小混混教训我，那个小混混见到我的面，愣足了三分钟："你要是叫我一声哥，我帮你教训她。"那个女孩子脸都发白了。我"哼"了一声，顾自走掉。后来……唉，后来不提了，都是过去的事。年纪还没大，腔调就老了。我觉得但凡手腕上有疤的女孩子，不管原来几岁，从那一刻起就老了，所有的青春像妖花一样，在那一瞬间绽放完毕，永远不再重来，永远不再。

几个月后没什么事发生，菲姐照常叫我回去拍片。有个小电台要请我做访谈，说想介绍兼职模特这个群体，许诺一大笔报酬，还允诺隐去我的姓名，我就接了。到了那里，是直播，一头黄毛的DJ扯东扯西，忽然问："你为什么不向T台发展？"

我眼前掠过菲姐蛾翅般的背影："……因为我不会穿高跟鞋。"他单刀直入："传说是因为你手腕有伤疤。你怎么说？"我脸上肌肉瞬间变得僵硬："什么？"

"有人说你以前当过太妹，跟人争风吃醋，割腕了。"他的眼神像一条毒蛇，"是不是，程沧若？"

我想也不想地一个巴掌甩过去。

他恶狠狠地挡住我的手腕："别以为什么男人都会平白让你打，小姐。"说着还一边把音乐推上去。

"什么事，出了什么事？"编导戴着耳麦把头伸进来怒问。

我把手用力抽回来，一言不发站了半秒钟，转身，冲出去。

我一直冲到外面，背靠着粗糙的砖墙，人滑到地上，不哭，只是大口喘气。大约是朱的朋友找上门来了。辱人者人恒辱之，报应。我把左手的护腕拉下来，看着那道伤，

像一片干枯的叶子，红色的，叶边泛白。

我是有这样的过去，怎能怪别人骑上头来报复？

这道疤啊……那一天……那一天，小狼气势汹汹地喊道："你这只手戴过我的戒指，有什么好清高的？程沧若，你没有立场离开我！"是吗？我愤慨，抄起路边小店的啤酒瓶"哐"地砸到墙上，那声音真响，我自己都被吓了一跳。小狼瞪眼看我，不知道我要做什么。其实我也不知道自己要做什么，但弄出这么大动静，如果没有后续，好像很可笑，于是我拿着那半截还滴着雪白泡沫的绿瓶碴，冲着手腕就狠狠割了下去。"这只手，可以割了还给你！"那时我握着手腕，觉得痛快。后悔都是以后的事。可惜我现在正活在"以后"。我没有哭，我不能哭。我觉得所有手上有伤的女孩，统统都老了，老人是不太喜欢哭的。

我不哭。

学校里有了些奇怪的眼神，还有些嘀嘀咕咕。我不在乎，不就是咬耳朵和指指点点，我以前又不是没经历过，现在换了一个新学校，算是太平了一段时间，但到底人品太贱，还是要在群众的眼中重新当一次贱人，竖起靶子挨指戳，可是又有什么大不了？我冷冷地挺直背脊。

如果说这几年我学到了什么，那就是：只要背脊还没有被别人砸断，那就挺直它。

教员办公室有人等我，白棉衫，宽肩膀，乌黑柔软的头发，我怔了怔，走进去。

到底还是找过来了，还要再加补我一巴掌，在这种地方？

班主任蹙着眉对我说："朱先生跟我说了，你在校外可能跟'某些人'发生了误会，他帮你解释清楚了，那这个我们就不说了。但是打工——程沧若，在校学生怎么可以去做那种事！你有没有考虑过前途？你的父母在日本，而你……"之后"BLABLA"八百字。

我埋头聆训。朱先生陪在旁边，我偷瞄他干干净净的米色裤脚，这是哪一出？

出教员办公室后他回答了我："我本来想向你道歉的，因为JOHN是我兄弟，想帮他报一箭之仇，但我觉得他太过分了一点，毕竟女孩子的名字在公共

场合……你在听吗，程沧若？"

我仰起脸："JOHN？哦，那个DJ。是的，我在听。"

"所以我来找你，但我没想到你真的这么小。"他看着我，啧啧摇头。

"真像烂言情小说里的对白，"我笑，"后面紧接着会是'我等你长大，等你有一天可以戴上栀子花瓣的雪白头纱。那时，你要嫁给我'？"

他怒道："聪明劲都用在这种鬼话上！这种年纪，你应该好好读书……""BLABLA"又是八百字。

神经，我没说我不读书啊，这个人为什么忽然钻出来教训我？我觉得荒谬，把头一扶："哎呀，头晕。"

"怎么了？"他问。

"贫血……我带了药，你能帮我去买瓶水吗？我腿软，走不动。我坐在这里等你。"

他果然转身而去。

我等到他的身影消失，就起身从后门出去。学校的宿舍在学校后门再过一条街的地方。我回宿舍去。

天晓得，我不是什么急需拯救的堕落儿童啊！下了课，就想清清净净地待一会儿，然后回宿舍睡觉。为什么这点清净都不给我？奇怪！

当两个小混混在后门堵住我，并激动地打电话："老大！找到了！后门！"我觉得加倍奇怪。

那个身影闯入我眼帘时，我的脸白了，心脏急剧收缩，并且嘴里发出尖叫，尖叫的内容只有两个字：小狼。小狼小狼小狼……真滑稽，我不知为什么想笑。

"总算找到你了！"小狼气喘吁吁的声音，跟以前一模一样。我低头，他又脏又破的牛仔裤，牌子可疑的运动鞋，上面溅着的不知是泥点还是血点，跟以前都一模一样。

从前的日子不放过我，所以都回来了。我程沧若的生活永远都掀不开新的篇章，终究要被拖回去。我双手叉腰，笑出眼泪来。

"沧若，我听到那什么狗屁DJ叫你的名字，就找来了，真的是你！"小狼伸出一只手，像是要抓我的肩，却又缩回去撸撸鼻子。

我记得他的鼻子曾经被揍断过一次，居然没有被毁容。现在他的鼻梁稍微有点扭曲，衬着那张脸，更有种桀骜的漂亮。

他向来长得漂亮，就算身上不停地带着伤。

我双手握拳，想把那个大舌头DJ的脖子掐断。

"程沧若，你怎么跑到这里来了？" 朱的声音，他手上拿着瓶矿泉水。

这么快就买到水，又找过来？好的，好的。我扑向朱，捉住他衣襟，飞快地悄声道："帮我。" 然后我挽起他的手臂，向小狼一扬下巴："我已经有新的男朋友了。" 小狼本来把手伸进裤兜里掏着什么，听到这话一下子便停住了，眼睛眯了起来。我迅速补上一句："你敢打架，我会立刻再转到其他城市——不，到国外去，看你再找得过来。"

小狼阴郁地看了我一眼，裤兜里的手没有再抽出来，走了，小混混追着他离开了。走之前他恶狠狠地说："我会再回来。我要跟你把事情谈清。"

谈什么？我们曾经是情侣，他送我一个戒指，是偷了他继母的，他继母因此来找我，羞辱我："你们这些小偷。" 我哑口无言，他如果真的恨他后母，像他向我宣称的那样，那他怎么可以盗他讨厌的人的东西来送我？打架是一回事，盗窃和欺骗是另外一回事。"小偷" 两个字不能加在我的头上，像某种奇怪的洁癖，我坚决要求分手。后来他刺伤了后母，被关进少劳所，但那都不关我的事了。割腕时我已经跟他两清，之后是他自己人生的选择，我没什么好跟他谈的。

朱终于开口，声音有点呆滞："程沧若……"

"借一步说话。" 我快手快脚把他架到一边，"帮我找个住的地方。"

"什么？！" 白痴大叔还没有从痴呆状态中醒过来。

"刚刚你也听见老师说我父母都在日本，其实那是我继父。他们带着他们一起生的小孩走了，留下我在这里自生自灭，我全靠打工维生。现在我的冤家对头又找到了我，他一定不会放过我的。宿舍我是不能住了，又没钱可以租新房子。麻烦你帮帮忙，先收留一下我。" 我声泪俱下。

"你……为什么要住宿舍？你爸妈原来的房子呢？" 朱张大嘴巴。

"卖掉了。" 我眼睛都不眨一下说着。

"真的？" 他的眼神透着不确定。

我用力点一下头，滴下一滴杀伤力十足的泪水："拜托——"

朱的房子比我想象中要干净宽敞，居然还能匀出一个小房间给我。我拖着牛仔行囊视察了一遍，深觉满意。

"我看看租房信息，争取这两天帮你租一个，不过你没有身份证，合同还是要我去签……" 他挠挠头，"真是上辈子欠你的。"

"随便。" 我拿出课本往桌子上堆，"帮我去办个病假，我对医院不熟，你去开个能请出几个月假的那种病条，神经衰弱或者心力衰竭，都 OK，反正我这几个月都不去学校，避避风头。"

"喂！"朱的嘴巴张开来，"你在说什么……这种事你干吗要找我？你不会去找别人啊？！"

"我不喜欢欠别人的情。"我打开笔袋，"而你是欠了我的。你到老师面前告我的状，你的朋友把我的对头引上门来。"

"我踢你出门！"朱面目狰狞地说道。

"你已经把我带进你房间了，我可以衣裳不整跑出去告你强奸。"我胸有成竹道，"我未满十八周岁，怎么说都是你犯罪。出去告你，我无所谓，因为我已经没什么名声可言，而你在行内会很麻烦，奸淫未成年少女的名声比同性恋更坏。"看看他的脸色，我很温和地补充道："当然，我相信你是有爱心的人士，不会真的想让我流落街头的。"

"你是妖怪吗？"他咬牙切齿。

"好说好说。"我边摇笔杆默写原子量，边说，"出去把门带上。"

他"哼"一声冲出去，一秒钟后，又把头伸进来："你在温习功课？"他的语气很奇怪，好像以为我这种人本来应该喝酒嗑药。

"是的。"我镇定道，"现在你出去，把门关上，三个钟头内不要再打扰我。"

他彻底把脑袋拔出去了，终于还我一片清净。

病假办得还算顺利。我知道爸妈走之前给老师一笔"赞助"，所以他们不敢处分我，总对我睁一只眼闭一只眼，但也可能是朱的办事能力够好，帮我大事化小、小事化了。随便怎样都好，只要结局不坏，个中的细节我不是很介意。

我一门心思复习功课，自习与听老师讲课，其实也没什么区别，高考近了，我是要好好用功的，当然。

朱当我是问题少女，彻底误会我，像以前那些人一样，就因为我在家里是一个多余的孩子。他反反复复跟我说："没有孩子是不被期待而出生的，你所有的家人都爱你，你要自爱。"神经。谁不自爱？我只是——只是一不小心，太早地爱上一个人，又太早地老去。

有时候我真的想赌赌气，他们说我有问题，我就多出点问题给他们看。不过现在想想，算了，有什么必要？我真正的理想不过是念书、升学、毕业……然后嫁个什么人，过一辈子。

我一点都没有想要反抗高考的意思，我是最平庸不过的家伙，只是命运捉弄我，别人误会我太深。

洛丽塔
luo lita 太早爱上一个人
只是 zhi shi tai zao

梦里我仍然会听到那些人在我背后说话。"介意吗？"小狼问。我摇头，把脸贴在他背后，天涯海角，随他的机车开走。但是梦醒时，机车消失了，我闻到米粥香。

朱给我熬粥喝。奇怪，以前听芭比她们说他的生活多么斑斓，但这么长一段时间也不见他把女人往家里带，不然我可能真的要"被搬家"。他甚至衣服都是自己洗的，积成一盆后倒勺洗衣粉丢进洗衣机，洗完后挂在绳子上。我有时会蹲在阳台上用膝盖支着下巴仰头看，满目都是白衬衫。

他比我那个继父干净得太多。

其实他比我只大五岁，音乐学校毕业，没花太多的心思在其他的科目上。他看我的理科课本时简直有些敬畏："为什么读理科呢？女孩子不应该读文科？"

"理科班里半数是女生。"我告诉他，"时代变了，男女都一样。"另外，反正讨个前途，为什么要读那么多文艺兮兮的"秦时明月汉时关"、"一片珠声箫鼓寒"，还是原子量来得实际。这个就不必告诉他了，他又不是我的亲爱爱人。

可是有时候我会忍不住跟他发一些牢骚，比如说我以后想开花店，只卖玫瑰。我对他说："听说市面上的玫瑰都是假的，只不过是变种月季。真正的玫瑰只开一晚，暮生朝死，红颜在刺丛中凋残。开过一晚，永远不再开。我喜欢那样的花。"朱听完后，神色尴尬，我也是。这样的话题本来不该跟他聊。听说人太寂寞的时候会染上多话症，逮着狗熊都要唠嗑几句，我很怀疑自己有这个倾向。

可是学校又回不去了。对小狼……怎么担心都不过分的。不然，父母为何千里迢迢把我送到"风气更好"的外地学校读书。

窗子忽然打开了，小狼像从前那么多次做过的一样，像侠盗罗宾汉一样把我劫下去，机车轰轰烈烈地开走，我回头，发现自己的灵魂还留在窗口。

我在尖叫一声后醒来，手压在胸上，全身都是汗，心怦怦直跳。

"程沧若，你怎么了？"朱"咚咚"地敲门。

我定定神："没事，不小心睡着了。"窗外的阳光灿烂得不真实，地板上有一点点灰尘，我赤脚踩在地上，没穿袜子，脚心有粘粘的汗。

"如果方便的话，可以出来一下吗？我有话想跟你说。"他很礼貌地说道。

但凡这么礼貌，大概都没有什么好事吧。我茫然地望望窗外，拉了拉身上的T恤衫，开门见客。

"过去这段时间里，我终于了解到一点关于你的事情。你本来是个好学生，自己用啤酒瓶割破了手腕，没赶上跟父母一起出国。"

是的，挖我的旧伤疤，还能有什么？还不就是那点破事，我有点恍惚。有

一群小混混找我麻烦，另一个小混混救了我，我跟他惺惺相惜，后来吵架分手。说出来也就这点破事。

"其实你父母给你不少钱吧？为什么还要打工？"他继续问。

闲着也是闲着，好玩，不想用继父的钱……我有这么多理由，可是哪个是真的呢？也许天底下所有的事情，根本就没有什么"真正理由"吧。譬如说，人类为什么要传宗接代？我拉拉嘴角，朱其实根本就没有资格来问我这些。

"我去见了小狼。"他说道。

我腾地站起来，踢翻了椅子，椅子腿碰到我的脚踝，疼。我低头瞪着自己的脚，发不出声音来。

"我跟他达成了共识，先让你考试。有什么话考完再说，所以现在你可以回去了。"他温和道。

我瞪着自己的脚，明明没有破皮，也没有流血啊，为什么我会觉得这样疼？脚底钉在地上，一步都挪不动。

"程沧若？"他担心地叫。

我终于找回声音，问："为什么对我这么好？"

他张张嘴巴，没发出声音，有些尴尬地挠乱了头发："你还这么小……"他把头转过去一点，脸居然有点发红。我于是也不再说话，默默退下。

不再开玩笑了，不然他可能真会爱上我的，我这么小又这么漂亮，菲姐都夸我像洛丽塔。而我根本不可能爱回给他，一生的感情好像在那一个夏天里燃烧殆尽，之后再也没有能力给别人什么爱。再也没有。

我终于回到了学校。

说不清那最后几个月是怎么熬过去的，电子轨迹和硝酸可以把我的脑袋填满，进考场，考最后一科时，我简直有想哭的喜悦——就这样考完好了，终于到达终点。

我在一道分析题上卡壳了。

空调"嗡嗡"直响，实在太响了，像重型的机车。我好像又看到小狼跨在上面，自信爆棚地向我扬起下巴："沧若，你离不开我。"

谁都可以离开谁，我当然可以书写自己的人生。

我咬牙，定神，笔尖在草稿纸上"刷刷"地写出去。

很久之前，我记得我亲生爸爸跟我说："小阿若，你有几分力，就去做几分事。至于成败，不要在乎。最要紧的是尽力，而且要快乐。"妈妈骂我胡说，爸爸死时我只有三岁，根本不会有记忆。可是我就是记得有个胡子拉碴、感觉亲切的人

抱着我，他胸膛宽厚，叫我小阿若，劝我尽量要快乐。

我的眼泪打在草稿纸上。

结束铃响时，我把我能做的题目全部都做完。结局怎么样谁在乎呢？

跨出考场，我几乎是平静的，做好了应付人生的心理准备。外面有两个人在等我，一个穿白棉短袖衬衫，是朱；另一个，却不是小狼，是学校后门我曾见过的两个小混混之一。他冲过来向我吼："老大重伤！他决定跟真正的黑帮去混，之前想再跟你说句话，你为什么不跟他说？他买了一个新戒指要送你，打群架打得快死了都不肯丢掉，这几年就一直在找你。你为什么不见他？！"

我张大嘴巴，完全没有做好听这些的心理准备。

朱很无措地张开双手对我说道："我不知道他……"

我不看他，我看的是他身后突然出现的人——几个警察像电视里演的一样冲出来，把打算飞奔而逃的小混混制服，然后对我说，他们是跟踪小混混而来的，小狼涉嫌贩毒，械斗中被刺伤要害，处于弥留之际，但不肯坦白背后的同伙。他们跟踪到这里，发现原来我是他一直在等的人，希望我能去劝他坦白从宽。

我还能说什么？在高考最后一科结束的时候，我上了警车。朱陪着我，要我别怕。警察则不断地告诉我，到了医院应该怎么说。我不应声，我只是去见见他。

"本来想给你一个新戒指，还是弄丢了……"他说，"算了。你不用再躲我，以后好好过日子。"

为什么他的声音这样吃力，脸色这么苍白？为什么他的手一点力气都没有？他生龙活虎的样子不是还是昨天的事吗？我好像退回到几年前穿校服的时候，小混混，打斗，血，我低头看着自己的脚尖，一步也挪不开。他将一把鼻子，对我叫："我不是来救你的，是有笔账跟他们算，你怎么还不走？"我走不动。他撂跑了那些人，又叫道："我要走了，你到底走不走？！"我仍然走不动，直到他嘟哝一声"笨蛋"，然后伸手过来，拉着我，我才能迈开步子走。

现在我就在这里，一动也不能动。用那么多借口武装我自己，可是关于他的回忆，我从来没能逃出去。

我原来仍然这样爱着他。

可是他说："沧若，再见。"

他的手还被握在我手里，他的脖子怎么软下去了？好像生命已经完全离开了他的身体，他像一块破碎海绵一样软下去了，我要怎么样才能把他拉回来？世界一片死寂，有什么尖锐的声音在我耳边狂叫？我一动也不动，不能明白。穿白衣服和绿衣服的人冲进来，把我挤到旁边。他们围着的那个人，是我曾经爱过的人，我曾经用尽一切力量想逃离他，现在他放我自由了，可我还不想走。我的脚钉在这里，一动不动，想等他把手伸过来，说声"笨蛋"，牵我离开。为什么，为什么闹了这么多别扭，最后只是如此而已？童话故事里难道不都说傻孩子会有幸福的结局？我张开嘴，叫不出声。

一双手臂抱住我的肩，扶我出去，让我在椅子上坐下，然后递给我一杯饮料，将我的双手合在上面。我呆坐了很久，抬头说："热的？"

饮料是热的。

可是我面前没人。那双手、还有现在手里的这杯饮料，都是幻觉吗？朱从走廊那边走回来："他去世了。"他的声音充满歉意，用词很郑重。

"谢谢你的饮料。"我说。

"不客气。"他很自然地回答。

真的是他，不是我以为的冥冥中的什么人。

"程沧若……"他担心得不得了。

我深吸一口气："没事。"

我说没事，是真的没事。很多长辈都警告过我，小流氓是没有前途的，我有心理准备。小狼临死前对我说再见，算是和平告别。这个世界很和平，只不过，不能从头再来。

永远不能。

我照常吃饭、睡觉、呼吸、微笑，甚至还去附近的城市旅游了一次。菲姐在那里结婚，新郎是一个脑袋半秃的老头子。我不太明白为什么她要嫁他，不过算了，天底下的"为什么"太多，我本来就不是特别明白。

"听说你跟朱同居？"菲姐很关心地问我。

"开玩笑！你听谁说的？我是学生！"我笑起来，显得很活泼，甚至比以前更懂得应酬技巧，"我只是敲诈了他几顿饭，他熬的粥还算香。"

菲姐看了我一眼，慢慢说道："他从来没有给其他女人熬过粥。"

我低下头。我知道，我命好，这个世界对我特别好。

直到高考成绩下来那天，我竟一直没有吃饭，已经是第三天，朱用他的粥把我救回来。

有时我想，我是不是希望别人来救我，才故意忘了这个又忘了那个？我是个很自私的人，而且没用，太多的事情我没有处理好，可是没有人怪我。

这个世界总是对某些人太坏，而对某些人又太好，这不公平。可是据说，天底下的事，本来就无所谓公平。我应该忘了小狼。

高考成绩单显示，我够到了本科线。好吧，爸爸妈妈应该会很高兴。他们很开明，给了我这么长时间的自由，我应该感谢他们。

有那么多"应该"的事，生命真是忙碌，忙得简直寂寞。

朱送给我一样礼物，是一个雪花球，里面有干的玫瑰，带刺的，鲜红色，红得像是特意染出来一样。

"干玫瑰？不，我喜欢新鲜的，暮生朝死……"我抬起头茫然道。

"可是，你还这么小。"他无措地挠头，"我等你长大，等你有一天可以戴上栀子花瓣的雪白头纱。那时，我送给你真正的玫瑰，你要嫁给我。好不好？"

好不好？我泪流满面。机车的影子像飞蛾的翅膀在我生命中离去。我已经老了，却还没有长大。🦊

【小狸点评】我已经老了，却还没有长大。这句话也许真是巫婆的魔咒，它也在一瞬间击中了我的内心。阿荧的文字不张扬，有种沉淀后的平稳，但是她笔下的人物像是被她赋予了生命，有血有肉，让你情不自禁地为沧若心疼，为小狼唏嘘，这也是作者功力的体现。

SHI JIE SHANG
世界上 ZHI YOU YI GE
只有一个 DU XI XI
杜茜茜

文／芙暖 ●图／朱伟

【作者感悟】

　　当所有的人都觉得你即使不努力也可以理所当然获取你想要的东西的时候，你还愿意在别人看不见的地方努力吗？当你明知道努力也改变不了这一切的时候，你还能挺起胸膛，继续做那个别人不了解的自己吗？

　　也许你能，也许你不能。

　　但有一件事，是只要你愿意，就一定能做到的。这件事就是"自找"快乐。

　　我希望有一个紧绷绷的不懂得享受快乐的女孩，能遇见一个不思进取的单细胞男孩。他们在一起的时候总是会快乐。除了思索坦克大战怎么玩，他们还愿意花上很多时间观察一个叫晴晴的女疯子吃牛角面包。（噢，我忘了说，在我学生时代确实有一个这样的女疯子，在学校门口附近徘徊，她确实叫晴晴，也确实有那样一个故事。）他们还会思索人生的道路怎么走——堂堂正正做自己就好。世界上只有一个你，是谁都代替不了的。

　　最后我想问大家的问题是，你会因为害羞而不敢对喜欢的人表白吗？嗯。我也会。

　　我人生中第一次逃课，是在刚进高中校园不到一个星期的时候。那天下午，我逃开了最讨厌的英语课，从学校后墙翻了出去，一个人在街上瞎溜达。我从北正街走到南正街，找了一个街凳坐下，漫不经心地看着街上形形色色的人的脚。

　　有一双是和所有的人都不一样的，脚光着踩在地上，脏脏的脚背，两脚互相搓来搓去，好像很拘谨。

　　我认识这个女疯子，她有一头乱得蓬起来的头发，身上几乎有点衣不蔽体，但这都不是她引人注目的地方。她最漂亮干净的，是那双仿若两湾清泉一样的眼睛。那双眼睛一点也不避生，直直地看着我，好像要把我穿透一样。

　　我从包里翻出午餐剩下的一个牛角面包，递了过去。女疯子先是瞪了我一眼，接着就伸手把面包抓了过去，狼吞虎咽地啃食。

　　我还在念初中的时候，这个女疯子晴晴就已经很有名，疯疯傻傻的，在长安的四条街道上撒泼。男生还会在骂人的时候提到她，好像谁沾惹上她，谁就必须遭人唾弃。

　　牛角面包很快吃完了，晴晴用略带期待的眼睛看着我，可我变不出一个面包来。她只好瞪了我一眼，朝一个垃圾桶走去，想要翻出点有用的东西来。

　　发生这一切的时候，我感觉到对街有个男生一直盯着我看。他散漫地斜靠在长街椅上，长手指夹着一根烟，有袅袅的烟雾从指间漫出。他的眼睛细长，嘴角弯着好看的弧度，似乎是在嘲讽什么，又好像带着一点愤世嫉俗的味道。

　　"善良的小姑娘，也送我一个面包，怎么样？"我从他面前走过，猝不及防，他突然开口。

　　我只是用手捂住鼻子，脸上有几分嫌恶的表情。他的烟熏到我了。

他无奈地笑笑，掐灭了烟。就算是我这样极其讨厌吸烟的人，也不得不承认，他的动作一气呵成，漂亮极了。

"逃课？"他似笑非笑。

我点头，这没什么不好承认的。

"一起。"他朝我眨眨眼睛，就往前走，那意思好像是让我跟上。我跟着他走了两步，又停了下来。我为什么要跟着一个陌生男生走呢？

"走啊。"他回头，眼神好像在说我非跟着他走不可。

走就走吧。我跟着他穿过长街，走过小巷，转进偏僻得几乎没有行人的小路。就在我以为自己正在被人贩子带去什么窝点的时候，他停下了脚步，站在一栋老旧的住宅楼前。

那天下午，我待在他家里，啃着他洗给我的西红柿和小黄瓜，与他一起玩着小时候最常玩的坦克大战。

我们联手出击，配合无间，无往不胜。可在遇到枪形道具的时候，我们就开始内讧。两个人争先恐后地去抢，抢不到就互相开打，打得两辆坦克都定住，然后就眼睁睁看着敌方把我们的老窝打穿。

第二场，他信誓旦旦地说一定不和我抢。可道具一出现，他就狡猾地穿过重重障碍，吃掉了道具。我着急起来，掉转头就把自己的老窝轰掉了。

他被我气得直瞪眼，我则在一边手舞足蹈。

快乐的时光很短，短得我完全忘记了问他的出身来历，姓名过往。

02.

第二次见到他，是在半个月之后的升旗仪式上。

等校长发表完冗长又沉闷的讲话之后，教导主任走上了主席台，说有个屡教不改的坏学生陈陌，上课睡觉，下课打架，因此将在全校师生面前做出深刻检讨。

原来他叫陈陌，沉默，陈陌。难怪别人总说名字是父母对子女的一种美好愿望。

陈陌的表情看起来极其严肃认真，检讨的内容虽然平淡无奇，却也随着他的表情而显得"深刻"起来。总是顶着一头油油的头发的教导主任似乎很满意，甚至在陈陌走下台的时候拍了拍他的肩膀。我终

SHI JIE SHANG
世界上 ZHI YOU YI GE
只有一个 DU XI XI
杜茜茜

SHIJIESHAN

Zhiyouyige Duxixi

于忍不住在台下偷偷笑了。

升旗仪式结束，我随着人群慢慢走回教室，却感觉自己的肩膀被人重重一击。

"喂——"熟悉的声音，果真是一脸嘻笑的陈陌，他冲我眨了眨眼睛，声音变得小了起来，"下午一起？"我当然知道他的意思。

"如果你敢去跟教导主任说'你该洗头了'，我就跟你逃课。"我附在他耳边，笑得格外诡秘。他一定不敢，而逃课于我，也只是一件偶尔为之的事。

陈陌显然大吃了一惊，他瞪着那双并不大的细长眼睛，果断地转头就走。

我又笑了，一边笑一边朝教学楼走去，走完一段长阶梯，就可以拐进一楼的教室，继续做一个循规蹈矩的好学生。

我没有看到陈陌突然飞快地跑上主席台，趁大家还没反应过来的时候抢过了话筒，但我听到他欢乐的声音从学校各个喇叭里传来。他说："喂！教导主任，你该洗头了！"

我呆立当场，好像被孙猴子下了定身术。

那天太阳特别刺眼，我热得浑身冒汗，脊背发烫，在心里后悔着自己的傻主意，也埋怨陈陌的莽撞。他就一点也没看出来我并不愿意与他一起逃课吗？

这次陈陌带我去了街角的游戏厅，我从未去过的地方。那里熙熙攘攘都是人，充斥着游戏机的鸣叫和游戏者的叫嚣，当然也少不了烟雾缭绕。

陈陌显得兴趣盎然，我却闷闷不乐。

夹了娃娃，丢了硬币，连地鼠和鳄鱼都被我打光了。陈陌扯着我到了篮筐面前。那时候正有一个红头发男生站在篮筐面前疯狂地丢篮球，一丢一个准儿，旁边围观的人群都是一阵喝彩，大家都喊他蜥蜴。

陈陌突然抓了一个球，轻轻一抬手，就把蜥蜴快要投入篮筐的篮球挤开了，球落入了他面前的篮筐里。这下便引起了轩然大波，大家都好奇这个敢于挑战的人是哪儿来的。

那个叫蜥蜴的男生笑了，他说："来，我一个挑你们俩。"

那场投篮赛打得酣畅淋漓，连我都渐渐忘了烦闷和别扭，开心地大笑起来。球赛结束，我们不相上下。我抱着一大堆的游戏票，跟在勾肩搭背的陈陌和蜥蜴身后。

算了，逃课有什么要紧的，听说明天又是一个好天气。

 03

不过那之后我确实没有再逃课，每次约陈陌打游戏都选在周末。把作业飞快地做完，就偷偷溜出家，心里有隐隐的雀跃。

那天我又见到了晴晴，她像之前很多次那样，在一只垃圾桶里翻拣，翻出没什么用的东西来，她就会不耐烦地随手一扔。有好几次，都差点丢在过路的行人身上，招来了不少白眼和唾骂。

我埋头在包里找了半天，只找到半袋兰花豆。可我还没来得及走过去给她，她就被几个小混混一样的男生包围起来。他们的头发染着奇怪的颜色，身上戴了不少金属，他们一边骂着难听的话，一边挽起了袖子，作势就要打人。

"你们何必跟一个疯子计较。"我走上前，忍不住替晴晴说话。

"你是谁呀？"带头的小混混长得白白嫩嫩，左耳戴了一只长长的十字架耳环，"小妞，不关你的事，你最好走远点，免得伤及无辜。"

这话并未让我胆怯，反而令我生起一股无名火："我就喜欢站在这儿。"

十字架惊讶了，上下打量了我一番，就朝我逼近，甚至还重重地推了我一把。我一个趔趄站立不稳，跌坐在地上。而他身后，那几个小混混已经开始对晴晴拳打脚踢起来。

"靠！"突然有根钢管不知道从什么地方丢过来，一棒子就打中了十字架的手臂。

陈陌和蜥蜴刚好从对街走过来，他们都半敞着衣服，嘴里叼着烟，一副吊儿郎当的样子。十字架看了地上的我一眼，又看了看他们，打了一个响指，就喊住了他的手下，悻悻地走了。

我从地上爬起来，就冲过去看晴晴的伤势，在这样一个环境里，我一点也不想见到陈陌。可我才伸手过去，晴晴就突然抓住我的手臂狠狠地咬了一大口。我刚尖叫出声，她就飞快地跑了，一会儿就不见了踪影。

"杜茜茜？"忽然有我所熟悉的声音从背后传来，我回头，是张景鸿。而他的身边，还站着刚转学过来的漂亮女生章涵，他说："你怎么……"

我的心里涌上一阵寒意，张景鸿应该是我此刻最不想见到的人了。看看我杜茜茜现在的处境，蓬头垢面，身边还站着两个不学无术的小混混。

我咬着嘴唇，起身就朝相反的方向走了。我想像晴晴那样，立刻消失在人前。

但这件事仍然没有瞒住，流言蜚语一向流传得很快。那之后不过两天，我就被叫到校长室里上了一堂思想教育课。

"听说你最近和那个小混混陈陌走得很近？"杜校长和蔼可亲地问我。他总是这样，脸上永远是温和淡然的表情。

"你都听说了，还何必问我。"我心情恶劣，口不择言。

其实根本不需要这样一堂教育课，我早已决定不再与陈陌有任何瓜葛。本来就是萍水相逢，我们根本是两个世界里的人。我还是做我的乖乖女杜茜茜，他去做他的流氓痞子，一点都不关我的事。

我竭力说服自己，但想到张景鸿那张惊诧的脸，我的心还是隐隐作痛。

 04.

其实早在章涵刚转学过来的那天，我就开始注意她了。当然，也是因为她身上的光芒，令所有人都忍不住注意她。她有水汪汪的大眼睛，白皙的皮肤，飘逸的直发，永远是一副娇弱的楚楚可怜的模样。听说她血糖很低，身体不好。这样一个漂亮又柔弱的女孩子，总是会无端令人升起一种保护欲来的。

连我偷偷喜欢多年的张景鸿都不能逃脱。

张景鸿对她说话的时候永远轻声细语，好像怕惊吓到她一样。不光是眼神，还有他的一举一动，都包含着无限的温柔。

这样的温柔对于章涵来说是一种幸福，对我而言却是煎熬。

每天放学的时候，晴晴仍然会在校门口晃悠，仍是直愣愣地看着我，偶尔还会开心地拍着手大笑。陈陌说得没错，这个世界上没有人会天天开心，如果真的有，可能就只有晴晴了。她每天无忧无虑，眼睛清澈见底。

我又不自觉地想起这个人了。

自从那次之后我就再也不肯见他，陈陌似乎也意识到了什么，不再来找我。

一直到快放暑假的时候，天气越来越热，我带了牛角面包给晴晴，却发现她已经在吃。而陈陌正站在她身旁，等了我很久的样子。

"今天，我没抽烟。"陈陌有些不自然的羞赧，"……可以和你聊一下吗？"

我们坐在街椅上，就好像最初见面的那次一样。

SHI JIE SHANG
世界上 ZHI YOU YI GE
只有一个 DU XI XI
杜茜茜

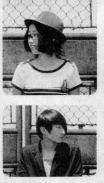

"还和蜥蜴他们一起玩？"我忍不住问道。

"嗯，不过很少了。"陈陌老老实实地回答。

"你知道晴晴的故事吗？"我突然转换了话题。因为晴晴正瞪着我，她的眼睛又大又圆，瞪得我心里发毛，我才突然反应过来，把手里的面包递给她。

几年前的晴晴也是个漂亮又聪明的女孩，成绩优异，人人称羡。她后来升入重点高中，是所有老师重点培育的好苗子。可某次与同班的男生一起去玩了通宵的游戏，再之后，她的变化令所有人都惊诧不已。书本和学校早已被她丢在脑后，她开始跟着一帮混混到处打架生事，不多久就成为整条北正街的大姐大。某天早晨，她被仇家伏击，由于孤身一人，她忽然害怕起来，但被人用刀威胁，她完全不敢呼救。那天，成为她一生中的噩梦。从那以后，她就疯了，每天在这条街上晃荡，脸上总带着痴痴傻傻的笑。

晴晴的故事是杜校长讲给我听的，意在教育我规矩做人，不要误入歧途。曾几何时，我对这个故事的教育意义嗤之以鼻，没想到不多久，我却又拿这个故事来教育别人。

"所以？"陈陌忽然笑了。

我没有说话，意思却很清楚。我希望陈陌能迷途知返，不要再和那群人来往，从此以后改邪归正，我们还可以继续做朋友。

"如果有一天，你也被人捉住。你会妥协，还是会抗争？"陈陌突然问了另一个问题。

"当然是抗争。他们不会真的杀死我。"我理所当然地回答，"最多受点伤，也比被人侮辱要好。晴晴……她真傻。"

晴晴的牛角面包吃光了，她抬起头，突然对着我痴痴地笑了。

暑假之后，我和陈陌的关系缓和了不少。他向我保证说他会戒烟，也不再去游戏厅。至于逃课……他尽量。

那个学期我们班新来的班主任高老师很年轻，不论是讲课方式还是教育我们的手段，她都很有见地，笼络了大把人心。那时候我正在准备全国奥林匹克数学竞赛，并未对这位老师有太多注意。

以前每年，我都会毫不意外地获取一个参赛名额，我当然知道，这不光是因为我成绩不错，还因老师给杜校长买面子。可这位新来的高老师一点也不买我的账，她把我们班上仅有的一个名额给了章涵，理由是她数学成绩进步很快，并一直保持着沉稳的心态。

杜校长问我要不要他出马，去跟高老师谈谈。他近几年也发现我的性格正在随着年龄而变化，所以他会在做事之前征求我的意见。

我干脆地拒绝了，可接下来我该怎么办。

"陈陌，我想参加数学竞赛。"我去找陈陌诉苦，"我想参加，我想参加！"

"那就去。"陈陌狐疑地看了我一眼，他不明白我为什么这么纠结，"去吧。"

我真的去了，在高老师的办公室门口犹豫了十来分钟，才敲门进去。长这么大以来，我似乎从来没有这么不要脸过。我把我优秀的数学成绩拿出来，各方面的优势拿出来，表达了我想争取一下这个名额的意思。

高老师同意我对自己所做的评价，但还是坚持要把名额给章涵，她说我不够沉稳，太心浮气躁。最后，她露出心领神会的笑，她说："即使杜校长本人来谈，我也是这个意思。所以……"她耸耸肩膀，没有说下半句。

我正是心高气傲的年纪，可以允许别人质疑我的能力，却不能允许别人质疑我的态度。如果真的需要借用我父亲杜校长的压力，我何必来自取其辱。

冲出办公室的时候，陈陌正站在阳台上等我。他极其认真地看了我的面无表情的脸，从我脸上找不到一丝答案。

"别看了。"我叹口气说道，"我心情不好，请我吃饭。"

陈陌找了一家离学校很远的火锅店，那里看起来又脏又乱。那是一个可以大声说话大口吃饭的地方，如果你愿意，甚至还可以撩起大腿，做出一副豪迈的样子。

我把一盘子的牛肉羊肉都丢进火锅里，猛吃起来。陈陌挑了挑眉毛，没有问什么，也是埋头大吃。等堆得像小山一样的食物被我们吃光的时候，我才觉得心里舒服了。

这个时候，我的余光看到一只灰溜溜的小东西从厨房里窜出来，迅速地钻入桌子底下，一下就找不到了。老鼠！我忍不住尖叫起来。

陈陌却在我对面哈哈大笑，他说："别怕，别怕呀。就当它是米老鼠。"

SHI JIE SHANG
世界上 ZHI YOU YI GE
只有一个 DU XI XI
杜茜茜

"我当你是米老鼠！"我白了陈陌一眼，也忍不住笑了。

"Hey Mickey，Hey Mickey……"陈陌用筷子敲着碗，唱起了那首快乐的歌。

没想到那之后不久，我再次失意，仍还是陈陌安慰我。

我们坐在出现过米老鼠的火锅店里，埋头吃肉。这次是因为我终于忍不住去对张景鸿表白了。酝酿了那么久的感情，就算明白会被拒绝，仍然想让对方知道。

可张景鸿的反应完全出乎我的意料之外。他先是有些局促不安，接着不停地对我说抱歉。

张景鸿又顿了一顿，才说："杜茜茜，你是一个很好的女孩，是我高攀不起。"

这句话才真正刺伤了我，他是什么意思？

"你是校长的女儿，我只是一个普通人家的小孩，而且，我的成绩也很一般。实在是……"张景鸿絮絮叨叨地说着，"你一定以为大家都不知道，其实同学老师谁不知道呢？比如每次有比赛或者有什么奖励，大家都知道你才是众望所归。"

原来大家早已知道。只有我一个人像个傻子一样，自以为自己隐藏得很好，结果其实是个大笑话。杜校长固然没有做错什么，可我也什么都没有做错，为什么现实与我想象的完全不一样。我一直没有想通。

吃着火锅，我终于被辣椒呛出泪水来。

那天我很少说话，即使陈陌一直在讲着笑话，我仍然沉默。我执意推掉了陈陌的相送，一个人走在黑糊糊的小路上回家。走着走着却直直地撞在什么上面，抬头一看，竟然是那个十字架小混混。

"小妞，我们又见面了。"十字架笑得我心里发毛，"老老实实回答我的问题，我绝不伤害你。"

"你要干什么？"我虽然害怕得很，但表面还是装出一副坚强的样子来。

"告诉我，蜥蜴躲哪里去了？"十字架直切入主题。

"不知道。"我回答，"我跟他不熟。"

"是吗？"有几个小混混靠近我，我还感觉到有一股寒气从我的腰间渗进来。应该是一把匕首，它正抵在我的腰上，"那就麻烦你跟我们走一趟了。"

人在危急的时刻是否真的会冷静分析？这恐怕要因人而异。当时回答陈陌的问题的时候，我自信满满，以为自己真的有勇气抗争。可现在，我害怕得几乎连气都喘不过来，声音也发不出。到处是黑漆漆的一片，既听不到人声，也看不到光亮。

"小妞。"十字架突然附在我的耳边，声音里都是寒意，"你要是真的不肯说，那就陪我们兄弟一晚上，你看怎么样？"

这时，一个黑影直直地冲了过来，一下就把我和那群人撞开了。我吓得转身就要跑，听到咿咿呀呀的声音我才反应过来，冲过来的是晴晴。她瞪着大眼睛，仿佛怒气冲冲。那群小混混一时顾不上我，抽出雪亮的匕首就要刺过去。

我终于在崩溃的边缘大喊出救命。

晴晴被送入医院，所幸的是保住了一条命。我被吓得不轻，一直过了很久，想起这件事都仍旧瑟瑟发抖。可我没想到的是，由这件事开始，又引发了一系列的事件。

陈陌和蜥蜴纠集了一帮人，偷偷去找十字架一伙人打了一架，伤残不少。最后这两帮人都被抓了起来，拘留了两天。等我到处找不到陈陌的时候，他却包着纱布，一瘸一拐地来找我了。他站在学校门口，脸色看起来很沉重，他告诉我，他被退学了。

他还对我说了很多。他像鲁迅先生写的那位祥林嫂一样，开口就说自己真傻。他说他一直以为自己很了不起，就算成绩差也没关系，就算无所事事整天混着日子过也没关系。但他终于发现，原来自己真的一无是处。所谓的那些小聪明和小勇气，都是狗屁。

看着意志消沉的陈陌，我终于忍不住摇晃他的肩膀："你不要走！你去争取一下。你也有你的想法，你也想过要改正的，你还跟我保证过再不抽烟再……"

"没用的。"陈陌摇摇头。他说他最痛恨的一件事，就是出事之后，他那一直为他操碎了心的母亲，对校长苦苦哀求，却仍旧被拒之门外，"告诉你也没关系，我恨我的母亲，恨校长。我母亲跪在校长室门口，校长一直没有开门。"他恨他们，却无能为力。

"杜茜茜，你是一个善良的好姑娘。"陈陌伸手摸了摸我的头，"以后有缘再见。"

我突然很生自己的气。这一切都是我闹出来的，但结果，却让这么多的人为自己承担。偏偏他们还要对我说，杜茜茜，你真善良，这不是你的错。

我用尽所有的力气大喊了陈陌一声。

我对他说："你是全天下最傻的傻子！只有你一个人不知道杜校长是我爸！

你恨我最好了！我会很快把你忘记的，就当做好像从来没你这个人一样。"

我看到远处那个身影小小的陈陌顿了顿脚步，我却转身飞快地跑了。我一边跑一边擦着自己的脸，也许我正在哭，也许只是被风吹迷了眼睛。

那个冬天，再也没有人陪我一起去吃火锅。我却收到一张没有署名的贺年卡片。卡片上只有一行字，上面写的是：

杜茜茜，请你堂堂正正做好自己就好。

我的脾气却果真从那时候开始，慢慢变得温顺又沉稳起来。烦恼都是自找的，杜茜茜是校长的女儿又怎样，她只需要堂堂正正地做好自己就好。

所以再后来，即使听到张景鸿与章涵在一起了，我也非常冷静。

所以再后来，即使听到高老师其实是章涵的表姐，我也非常淡然。

怎样都好，世界上只有一个杜茜茜，是谁都代替不了的。

08.

高考之后我去了北方的大学。再到暑假回家的时候，已经离我最后见到陈陌那次有整整三年了。其间也有许多男生追过我，但我会说："如果你敢去跟教导主任说'你该洗头了'，我就跟你在一起。"大家都用一种不可思议的眼神看我，就好像那座有陈陌的城市里的人看女疯子晴晴的眼光一样。

我偶尔也会想起陈陌，想起他跟我说的那些话。

他说："听说一个人如果能够忍受一个星期不吃盐，他就可以从此以后都不吃盐，吃到一点含有盐的东西，还会觉得太咸，吃不下去。所以，也许如果你一个星期不想到张景鸿这个人，你就可以从此都忘记他，如果一个星期不够，那就一个月……一年好不好？"

也许这一论证是对的，我却无法做到一个星期都不想念陈陌。

他说："张景鸿喜欢章涵，那是因为男人对那种柔弱的女生有天生的保护欲。你太强悍了，要不以后改改？"

可这么多年，我还是很少生病，我还是可以一个人给饮水机换水桶，我玩游戏还是比男生都要厉害得多，怎么办？

令人意外的是，回家之后第一天，我就遇到了我差点认不出来的蜥蜴。他还是一头火红色的头发，眼神却比几年前要柔和许多。他像是故人重逢那般跟我寒暄，还热情地邀我去他家吃火锅。

蜥蜴的女朋友是一个很温柔的女孩，她为我倒茶，为我夹菜。最后，蜥蜴终于忍不住问我："你跟陈陌现在怎样了？"

我茫然："怎样？我已经有三年未与他有过任何联系了。"

"啊？"蜥蜴一拍大腿，"他还没跟你说？这个傻小子，喜欢你又不敢说。那次他喊我一块去收拾欺负你的那帮人的时候我就看出来了，他跟疯了似的打那伙人。"

"杜茜茜，这个男人不错，别错过了。"蜥蜴一副语重心长的样子，"去找他吧，听说他现在在复读，准备重新考大学。"

我当然知道他在哪里，不过我的牛角面包似乎又来迟了一步。晴晴已经吃饱了，正靠在墙壁上，一脸享受地晒着太阳，打着瞌睡。

我的陈陌，他像我初见的时候那样，以一种很不良的姿势斜靠在街椅上，手指里夹着一根烟，有袅袅的烟雾从指间漫出。他的眼睛细长，嘴角弯着好看的弧度，似乎是在嘲讽什么，又好像带着一点愤世嫉俗的味道。

"善良的人，也送我一个面包，怎么样？"我从他面前走过，微笑着开口问。

他显然被我吓了一大跳，差点从椅子上跌下来。

"今天，你抽烟了。"我坐在他身边，笑嘻嘻地说，"但是，我们还是来聊聊天。"

他不说话，显然还没有从惊愕中反应过来，我只好继续我的问题："第一个问题，你会因为害羞而不敢对喜欢的人表白吗？"

陈陌犹豫了一下，接着点点头，脸上有着可爱的羞赧，他说："嗯。"我终于大笑起来。

"你笑什么？"他有些羞愤。

"不告诉你。"我摇头。

"说。"他逼问。

"哎呀，这件事你没必要知道。"我靠在椅子上，觉得惬意极了。

不过我想让你知道，我也会害羞。真的。🐾

【小狸点评】：芙暖的故事写得很细致，每一个情节都非常有画面感。闭上眼，她的文字仿佛可以转换成电影胶片在脑海中放映。也许只是一个不够新鲜的乖乖女和痞子学生的爱情故事，但是在芙暖的笔下，这个故事却蒙上了童话的色彩。陈陌像是一个没有白马的骑士，可以为了他的公主披荆斩棘，却也会因为害羞不敢向公主告白，这样的男孩真讨人喜欢，而你身边也一定出现过这样的骑士。

祝你离开快乐

文·微宗 图/MOON

【写作感悟】

一直很喜欢江沉吟这样的女孩，外表洒脱不羁、是有棱角的岩石，内里却包裹着一颗玲珑心。

这样的女孩通常都聪明，能看透人情世故，并不为它所累。她们不在乎世俗，内心独立强大。她们有自己的处事的原则，知道自己要什么、能得到什么以及如何取舍。

而我之所以写她，是因为我有个在爱情的放与不放之间挣扎的女友。她如沉吟一样，太爱她的子衿，可是，疼痛的爱情宛若有裂痕的瓷器，你放下，转身离开，才不会眼睁睁看着它被毁坏。

这就是我写她的理由，并希望你能看到。

李子衿学会吸烟好像是在认识了她以后。

那年，他高中毕业。因为考得不错，就奖励了自己一次旅行。那个年龄的男孩，总有点流浪的情怀，于是和谁也没打招呼，背着一个大包，就独自上了路。

却没想到，就遇到了她。

在去青海湖的路上，司机在途中停车。她突然从旅游大巴上跳了下来，眯着细长的眼睛慢慢地靠近他。

她问，小孩，有烟没有？

李子衿摇头，然后红了脸。

她笑着拍拍他的头，然后打趣他，怕什么，姐姐又不泡你。

她大他五岁，却比他还要孩子气。

她不太像是西北人。皮肤很好，白皙透明，几乎不见毛孔。也不化妆，头发就随意地绾在脑后，小家碧玉的样子。只有抽烟的时候看得出她本性里的飒爽。

一起吃饭，她随手拿出一包烟丢在桌上。抽一支出来将过滤嘴在水杯里蘸一下，她说，北方的气候太干燥，浸一点水，烟的味道才更好。

她说得高兴了，便把双脚放在凳子上，最后整个人都蹲在了上面。

团里的人都不喜欢她，觉得她粗鄙、邋遢。一餐下来，满桌都是她弹落的烟灰。导游也讨厌她，嫌她话多又各啬，几天下来什么纪念品都不买。

他们在背后议论，说她怎么看都不像是一个好女孩，她便扭过头来和他们争执、吵架，一路上乐此不疲。

只有李子衿容忍她。她要靠窗，他便把靠窗的位置让给她，自己坐在旁边，感受着她轻微的呼吸变化，突然就面红耳赤。

熟悉后，她给李子衿看她的相机。笨重的黑色相机里，全都是天空、白云、羊群、草原和溪水，也有落在墙壁上的树影，以及繁盛至哀艳的花朵。

李子衿一张一张地问，这是哪里，这又是什么地方，为什么这些我都没有见到过。

她用脚踢踢他放在座位下的那一大包旅游纪念品，肆无忌惮地嘲笑，你只顾着留念，哪顾得上欣赏？

她的话又让李子衿的脸一阵灼热。

临走时，李子衿问她要联系方式。她就顺手从烟盒上扯下一块纸，用铅笔潦草地写下地址和名字，塞给他。

蓝白色的烟盒纸，正面有一个英文单词，他照着读，"Par——lia——ment"，结结巴巴。

她用手拍了一下他的头，一看就知道你不是一个好学生。

她的手指又细又长，指着那几个英文字母她说，Parliament，百乐门。听起来像不像穿着旗袍的旧上海？

他点点头，看见烟盒纸背面，是歪歪扭扭的三个汉字：江沉吟。李子衿一下就记住了。

他忍不住也抽出一支烟来。

江沉吟立刻笑嘻嘻地拦住，小孩子不准吸烟。

谁说我是小孩。李子衿红着脸，赌气似的点上，结果呛得满眼是泪。

她则在对面笑得弯下了腰。

那天，他本来要送她去车站。

她拒绝了。她说，我最不喜欢送别的场景，不如就在这里吧，大巴门口，各奔东西，好像当初相遇一样。

李子衿拗不过她，只好眼睁睁地看着她拎起比她还高的背包，一把甩在肩上，扬长而去。

她走了几步，忽然回过头，问他，嘿，小孩，还没告诉我你叫什么名字呢。

李子衿。木子李，青青子衿的子衿。他把手罩在嘴边说。

青青子衿……沉吟至今。哈哈，我们好相称！她笑着说，然后挥挥手。她没有说再见，便转身走了。

他却一直站在原地，将她的背影一点一点揉进眼里，变成一小粒沙，存放在心底。

祝你离开快乐

从那以后他们便常常联系，用短信和E—mail，却从没有打过电话。

她居无定所，满世界地跑。只有在深夜才会抽空上网，收收邮件、写写博客。

李子衿很喜欢看她的博客。里面尽是一些生活的琐碎小事。偶尔她也贴几张照片，全是女子的小情小调。

上网对于他而言，变成一件有意思的事情。他可以时时从这些细枝末节里，呼吸到她的温暖与鲜活。就好像，她发丝里散发的淡淡的气味，那是真实存在的味道。

而那时，他也已经离开家，去了大学校园。

学校也是在西北，是一个有着众多名胜古迹的老城。开始的时候他极其不习惯。这里的人说话声音粗，嗓门大，完全不似他家乡的吴侬软语。

一次，他和几个同学结伴去吃饭。服务员隔老远便把盘子扔过来，米饭洒了一桌子。李子衿和她理论。可他天生嘴笨又脸皮薄，每一句话都被服务员顶了回来，气得他站在原地手抖了半天。

同来的几个人都看不下去，摔了盘子砸了碗碟，和饭店的人狠狠干了一架，几个人脸上都挂了彩。其中一个女孩伤得最险，眼角被摔碎的瓷片划伤了。

回去的路上大家开她玩笑，说幸好没伤到眼睛，否则就嫁不出去了。

她就笑，要是那样我就赖上李子衿，让他负责我一辈子。女孩的身体软软地挨着他，李子衿忽然就想起了长途大巴上的江沉吟。

晚上的时候，他留言给她，说我很想你。

可是按确定发送的时候他的心又慌慌的，仿佛这是一个天大的秘密，于是他又一个字一个字地消掉。最后，他只是把今天发生的事情告诉她。

江沉吟看见后回复，小孩，等着，明年三月我要去你那里，

到时候我帮你去教训他们。

　　隔年三月，江沉吟果然来了。她一下飞机就打电话给他，小孩，你有没有课，我现在就去看你。

　　李子衿紧张得语无伦次，跟班主任请假的时候说奶奶来看他。班主任把眼睛从教案里抬起来，面无表情地说，去年十一月的时候，你不是因为奶奶去世请了半个月的假回家吗？

　　他更紧张了，哦，那就是我外婆来看我。

　　班主任笑了笑，挥挥手说知道了。

　　他拉开门要出去的时候忽然听见班主任在身后说，下次要是女朋友来了就直说，大学不像高中，是不限制自由恋爱的。

　　他的脸霎时红透了。

　　他回宿舍换衣服，洗头发，刮胡子，甚至还喷了一点点香水。站在校门口的时候，对着保安室的玻璃仔细地照，生怕有哪一处没有注意到，让她笑话。然后又不停地看手机，就怕她突然发来短信，说临时有事，不来了。

　　等待是折磨人的，尤其是折磨心里装着思念的人。

　　终于，江沉吟来了，从人群里远远地看见他，踮着脚冲他使劲挥手。

　　她穿着一件半旧的开衫，从里面背心的深 V 领口能看见裸露的青白色皮肤。脖颈有一缕头发没有扎上去，凌乱地落在后面，他却觉得极其妩媚。

　　她走过来，站定在他面前，突然很深情地双手环住他的脖子，说，老实交代，想我了没有？

　　他说不出话。红晕像是被她点燃的火蛇，从眉梢一路烧进心里。

　　校园门口满是过来过往的同学，都用好奇的目光探视打量着他们两个。

　　她却又猛地退后，然后哈哈大笑。像是恶作剧得逞的小孩，说，李子衿，你怎么还是这么经不起逗啊？

　　她拍了拍他的头，走，姐带你吃好吃的去。

　　那天，她带他去吃麻辣火锅。被盛名所累的店门口，人很多，排了很长的队。他们站在人群拥挤的另一边，抱着胳膊聊天。

　　对面是落地的玻璃窗。夜空繁盛，有弯月，亦有星光，是美好而值得纪念的夜晚。

她望着夜空出神，好半天迸出一句，变化真是好大，以前这里哪有这样的风光。

她像是很熟悉这座城市，语气里充满了感情。

李子衿好奇地问，那以前这里是什么样的？

她回头看了他一眼，然后笑了笑，没说话，眉宇间却明显有了失落。

李子衿便猜到，这个城市里，有她的故事。

他看见她低头从口袋里摸出一包香烟，便伸手去要。

她狠狠拍掉他触摸香烟的手，略有些恼怒地瞪他，小孩子抽什么抽。这一下子就让他想起他们在青海时的场景。

李子衿问她，你在这里待多久？不走了，好不好？

烟雾里，她笑得动人。眼睛里波光流转，让李子衿几乎疑心那是眼泪。

那顿饭他吃得很少。李子衿是南方人，口味偏清淡。而火锅又太辛辣，鲜红色的底油厚厚地漂了一层，看着就吓人。

沉吟笑，你好没用啊。然后伸出手抹掉他鼻尖的汗粒。

他赶紧低下头大口大口地灌饮料。

沉吟一只手夹着香烟，另一只手捏着筷子，很少和他说话。偶尔抬起头看他的眼睛，很自然地笑。

他则一直偷偷地看她的样子。他喜欢这种不做作，孩子气，甚至带着点粗俗的吃相。好几次她额前的发丝滑到脸颊上，他都想伸手替她别在耳后，却又怕吓到她。

——与她相比，他永远做不到自然、大方。

回去的路上，沉吟接了一个电话。出租车里有音乐声，她大声地说，我累了，明天再说，然后就挂掉了电话。

她随手摇下了车窗，风一下子灌了进来。三月的夜晚，还是非常清冷。李子衿缩了缩脖子，正要开口说话，她的电话又响了起来。

沉吟皱着眉头，按掉。可没过几秒钟，又响起，又按掉。又响起……李子衿有些惊愕地看着她面无表情地进行着这场拉锯战。

终于，电话不响了。他再次要开口，沉吟突然转过头对他说，小孩，你自己认得路吧？

李子衿点了点头。沉吟笑起来，飞快地拍了拍司机的靠背，说，就在这里停一下。

车猛地刹住了。

祝你离开快乐

她推门下去。甚至没有和他道再见，只是挥了挥手。

穿过一个红灯后，她开始向前奔跑。风吹开她的外套，往两边掀去，使她看上去像一只张开翅膀飞翔的大鸟。

李子衿从出租车后座的玻璃窗看她把电话放在耳边，突然意识到原来自己一点都不了解这个女孩：不了解她的过往、不了解她的现在、不了解她的内心，她的感情，她的一切一切……她就像是他在路上遇到的一阵风，让人无从把握。

他突然觉得非常的伤感。

那以后，她真的留了下来。留在这个城市，留在他的身边。他没有再问那个晚上她去了哪里，她也没有告诉过他那天是谁不停地拨打她的电话。

他们之间似乎从来就没有过别人，没有过世俗的一切，有的，只是对方。

他开始常常给她打电话、发短信。她亦在电话里数落他，小孩，不怕电话费超支吗？

他说不怕。可是却悄悄省下晚饭的钱，然后美其名曰减肥。

见面时她便真觉得他瘦了，拼命地帮他点很多好吃的，然后笑着拍他的头，对他说，小孩，你还在长身体，多吃点。

他不高兴，嘟着嘴说，我已经长得够高了，不用再长了。

她听后便哈哈大笑，然后点一支烟，一脸微笑地看着他把那些全部吃完。

他们偶尔也去看电影。

有一次李子衿在电话里问她想吃什么零食，爆米花还是薯片？江沉吟却笑着说你给我买碗凉皮吧。

李子衿以为她开玩笑，带了一大包的零食去。可见了面却见她真的端着一碗拌好的凉皮。

他说，这怎么吃啊？

她笑笑，也不理他。

等进了影院，灯光全部熄灭后，她从袖管里摸出一双伸缩筷子，然后旁若无人地吃了起来。

影院里登时飘出了蒜和辣椒的味道。

周围有女生的声音，怎么有凉皮的味道？好想吃啊。也有人捏着鼻子说，太不道德了吧，怎么有人在电影院里吃这种东西？

她听见便偷偷地笑，在黑暗中轻轻捏他的手，仍然是小孩子恶作剧后的得意。

而每逢这样的瞬间，常常会让李子衿有种错觉，觉得他们已经很近很近，近到一伸手，便可以相互拥有。

翻过年，李子衿大学三年级的时候，系主任找到他，问他是否有意愿做交换留学生。

其实，不用系主任说，他也知道这是难得的机会。如果顺利，读完剩下的课程，再读研，读博，那么整个人生便会完全不一样了。

可是他没有立即回复。他站在走廊里，发了条短信给沉吟，说我可能要去英国了。

沉吟很快回复过来。她说恭喜你，晚上请你吃饭。

他对着短信翻来覆去地看，看不出一点不舍得。他推门进去，对系主任说，需要填写什么表格吗？

那是他们最后一次单独见面。

沉吟穿了一条宝蓝色的长裙，领口很低很低，裙摆很长很长，几乎曳到地面。头发在脑后盘起，走近了看，才发现是用一根筷子插在发髻里。

她总是这样俗气，可是这种俗气又带着流浪的不羁。像是一阵风，分明从你

的面庞掠过，却又是握不住的。

她正用菜单扇着脖颈，看见李子衿来，便咧开嘴埋怨，好热，你怎么才来？说完又不等李子衿解释，便递上菜单，快，点菜吃，我要饿死了。

李子衿把菜单推过去，你点就好。

他坐在对面，认真地看着她。

她还是老样子，表情鲜活生动，不时地皱着鼻子蹙着眉头，拉着服务生问每道菜的分量和内容。

服务生有些不耐烦，她便突然发起脾气，狠狠地摔了菜单，然后用筷子敲着大理石的桌面，你知道不知道什么叫顾客至上？

周围的人都看着她。她也不在乎，一个一个地冲他们瞪回去。然后抽出一支烟来，点上，吸一口，吐出来。

烟圈像梦一样，一个一个地破碎。

李子衿低声地说，你怎么和他们一般见识？

她怒气冲冲地说，都是做服务的，凭什么有些就低三下四，有些就高高在上？

李子衿知道她真生了气，也不敢开口，坐在对面有些尴尬。

好半天，她才又开口。这次已经恢复了之前的平静。她说，小孩，要去英国了呀，嘿，你可真有本事。

李子衿不知道该说什么，只是望着她。

她避过他的眼神，又问，什么时候走？

顺利的话，一个月后。他慢慢地说。

很好。她点点头，用力得有些刻意。她端起酒杯，却发现里面什么也没有，然后又扬着手，大声地对服务生喊，服务生，来两瓶啤酒！

李子衿轻声地说，如果你不想让我去，我就留下来。

她像是没有听见，仍然招着手叫，服务生，服务生。

李子衿拉住她的手臂，重复一遍，如果你不想让我去，我就留下来。

江沉吟突然安静下来。

她看着他，很认真地，从眉毛，到眼睛，再掠过鼻梁，划过双唇，再到下巴。她垂着眼帘，说，小孩，你别这个样子。

我早就不是小孩了！他扯了一下她的手臂。

她感觉到疼，但是忍着没叫出来。这时候服务生端着酒瓶过来，她抽回自己的手臂，安静地坐着。

两人的目光都注视着徐徐注入杯中的黄色液体，好像这成了他们唯一感兴趣的东西。

你今年多大了？她突然开口，又不像是在问他，而是在自言自语，二十三了，真好。我二十三岁的时候刚被大学退学，每天无所事事，挣一点钱就想着法地挥霍，却不知道挥霍的其实是青春。

我从来都没嫌弃过你。李子衿接口，打断她的自怨自艾。

她抬起眼睛看他，可是我连嫌的念头都不想让你有，你明白吗？

她端起酒杯，来，祝你一路顺风。

李子衿一动不动，她就说，那换一个吧，来，祝我结婚快乐。

李子衿看着她。江沉吟笑了笑，小孩，还没来得及告诉你，我就要结婚了。不过，你可能参加不了我的婚礼了。

那晚，李子衿喝醉了。

醒来的时候，他发现只有自己一个人躺在酒店的房间里。

身边的枕头上留着几根细长细长的发丝，他一根一根地捡起来，紧握在手心里。

他像是要把这短暂的回忆，紧紧地握住。

自那晚后，他便再也不喝酒了。因为，他常常想，如果他没有醉，如果他是清醒的，那么他拥着她的时候，也许会对她说，我爱你。

可是，也就是那晚之后，沉吟便像是突然消失了。李子衿拨打她的电话，却被告知对方已经暂停服务。他登录她的博客，却依然停留在上一次点击过的页面。

没有更新，没有登录，没有留言，没有电话，没有，什么都没有。就像是一个梦，梦醒了，便什么都过去了。

李子衿开始频繁地抽烟，然后在烟雾缭绕中，盯着眼前的电脑屏幕出神。

他突然丧失了对上网的热爱。以前他可以在电脑前坐一整天，只是为了那个亮着的小头像。而现在，他找不到事情做。他知道无论他等多久，那个头像也不会再亮起来了。

他开始和宿舍里其他的男生一样，玩着无聊的游戏，说着无聊的话，然后一天一天地打发着剩下的时间。

一个月后，他坐上了去英国的飞机。

飞机起飞的那一刻，他突然有种流泪的冲动。

他想，他就这样和她告别了。

他们之间，没有说过一句再见，没有留下一个吻痕，也没有流过一滴眼泪。他们之间，似乎除了那几根细长的头发，就什么也没有过。

什么都没有过。

他没有说过他爱她。

如果什么都没有过，那么，也许就该像莱蒙托夫的一首诗里写的一样："没有爱的喜悦，分手也就没有忧伤。"

可是，他为什么觉得这么痛，仿佛心被撕裂了一般呢？

在英国的第三年，他认识了江可。江可是同宿舍男生认的妹妹，并不是真正的亲戚关系。

在外的中国留学生，其实很难打进外国人的圈子，不同的文化让彼此像刺猬一样抵触，所以便更觉得黑头发黄皮肤的人可亲可爱。

李子衿是在一次中国留学生的聚会中认识江可的。她很漂亮，可漂亮的女孩总是会被人宠坏的，更何况是在女生宛若大熊猫般珍稀的留学生中。

那天，她穿了一件露背的小礼服，大红色，像火焰一般撩拨着每一个人。可是李子衿早就记不得了，在他的记忆里，只有一件曳地的宝蓝色长裙。

江可便启发他，说当时自己正端着一杯红酒，被众多男生围住，大家在讲笑话，她被逗得前仰后合。这个时候，李子衿走过来，其中一个男生认识他，便招呼他过来。可他摇摇头，一个人坐在沙发里。喝水。

江可说，我当时并不知道你真的不喝酒，还以为你故作姿态，所以抱着打趣的心态走过去。

她佯装着醉了，对李子衿说，我请你喝酒。

李子衿举了举手里的水杯说，谢谢，我不喝酒。

江可从没有被男生拒绝过，便凑过来说，如果你喝了我手里的酒，我便让你亲一口，如何？

　　李子衿说，对不起，我真的不喝酒。

　　江可用胳膊绕住他的脖子，那让你亲一整夜呢？

　　李子衿红了脸，逃也似的跑掉，身后是江可的纵声大笑。笑声里，她说，喂，你怎么这么经不起逗啊，我和你开玩笑呢。

　　声音像极了沉吟的娇媚。

　　他突然停住了脚，转身回来，一步一步地走到江可的面前。

　　江可脸上的笑犹未尽，斜着眼看他，手里晃动着红酒，说，怎么，改变主意了？

　　他夺下她的杯子，咬着牙一个字一个字地说，请不要轻易用感情和身体来开玩笑，因为，并不是每一个人都开得起这种玩笑的。

　　江可说，她就是在那一刻爱上了李子衿。

　　后来她去学校找李子衿，便不再穿暴露的衣服。只是一件简单的白色T恤，牛仔短裤，戴一顶棒球帽，像一个真正的学生样子。

　　而且她每次来都有借口——

　　第一次，她说她的脚踏车坏了，回不了学校，她哥又恰好不在，只好来找他。

　　第二次，她说她的脚踏车又坏了，她哥又恰好不在，只好再次麻烦他。

　　第三次，她说她真想把脚踏车扔了，把她哥杀了，要不然也不会每次都来麻

烦他。

第四次，她说她已经把脚踏车扔了，也和她哥断绝来往了，所以，以后在这异地他乡也只有他一个亲人了。

第五次，她说李子衿怎么办，我现在突然不想让你当我的亲人了。我想让你当我的情人！当然，你可以拒绝，因为你也许根本不爱我。可是，我爱你，李子衿。所以，无论你拒绝不拒绝，我都会继续爱你的。

她不仅将爱他的理由准备好了，还连拒绝的理由也替他想好了，这么周到的女孩，他还有什么话说？

于是，他只好牵起她的手，说，走吧，我们再去买一辆新的脚踏车。

他们很快就在一起了，异国他乡，再多思念也敌不过寂寞。

他们牵手、接吻、开房、同居，一过就是几年。他们几乎没有吵过架，在今天睡了，明天分了的留学生里堪称幸福的楷模，爱情的典范。每个见到他们的人都说，李子衿，你和江可要是真结婚了可别忘了告诉我们。

他和江可嘴里说着这才哪到哪啊，谈结婚还早得很呢，可心里都明白也就是再过一两年的事情。

江可的父亲已经不止一次在电话里暗示他们应该先把婚订了。李子衿明白，这其实也是江可的意思——她怕他们像其他情侣一样，时间越长回忆越少，所以希望用什么可靠点的东西把对方拴住。

他理解江可，于是订了机票准备回国见她的父母。

可是，就在去她家的路上，江可突然对李子衿说，咱们还是别去我家了，找个酒店住下吧。

为什么？李子衿不明白，但是看着江可不自然的神情，便把疑问按下了。他搂了搂江可，说，一切都听你的。

江可很感动，将头埋在他的怀里说，亲爱的，我不是不想让你去，只是，我家的情况有一些复杂。

李子衿很早就知道江可的父母离了婚，现在各自又组建了新的家庭。他以为江可在担心这个，于是笑了笑，说，你说怎么样就怎么样。

江可抬头看了看他，叹了一口气，算了，还是去家里吧。只是，大人们有大人们的选择，希望你不要太介意。

李子衿笑了，我只在意你。

可是，当他走进江可家之后，他发现，他错了——其实，他在意的除了江可，还有另外一个人。

而这个人，从他十八岁起便深深地印在了他的心里。

李子衿看着沉吟，几乎目瞪口呆。

而她在愣了一刹那之后，转眼看到了他身边的江可，于是笑着说，江可，这就是你男朋友吧，快请进。

直到那一餐饭结束后，李子衿也没有回过神来，脑海里全是沉吟的面孔。

他点了一支烟，狠狠地吸了一口，然后装作不经意似的问江可，那女人看起来很小，她是怎么认识你爸爸的？

江可立刻皱起一张脸，不屑地挥挥手，快别说了，提起来我就气。要不是她，我爸妈也就复婚了……

江可气呼呼地说，她是在夜总会被我爸看上的，据说那时候她才二十几岁，后来被我妈知道了，便给了她一笔钱去外地。可是不知道怎么搞的，没几年她又回来了……说实话，我爸也不知道怎么搞的，竟然会爱上这样一个女的。估计也就是年轻，才比我大五六岁……其实，我妈不知道比她强多少倍，真正的名门闺秀，可硬被一只鸡比下去了。后来我爸还把我也送出国了……不过幸好出了国，要不我怎么能遇见你呢？

江可甜蜜地搂住李子衿的腰，笑着把头埋进他的怀里。

可是，李子衿却感觉到从未有过的苦涩。

是的。在他刚去英国的时候，她在网上传过来的婚照，就是和江可父亲的。那个头发半白、大脸庞、眼角全是皱纹的男人，就是她嫁的老公。

他问她，你爱他吗？

她发来一个明媚的黄色笑脸，说，爱啊，很爱很爱，爱得无药可救。

他心里酸涩不堪，又问她，那你爱过我吗？

她沉默了很久才打过来一句话，呵呵，怎么办，我忘记了呀。

他坐在电脑前，觉得月光像是刀子一样割着流着汗的皮肤。

现在，在烟雾缭绕中，他几乎能看到她的脸，她的表情，她的笑，她皱起鼻子细细的纹路，她调皮时一眨一眨的眼睛，闻到她发丝里散发的淡淡的气味。他想起在酒店里她踮起脚贴上来的嘴唇，她像火一样燃烧的身体，她在他耳边呻吟着，忘了我吧，我配不上你。

他说，我从未介意过你的年龄。

她说，可是，我有我自己介意的过去。

他说，那么，你爱我吗？

她说，我爱你。

李子衿闭上眼睛，眼角悄悄滑过一滴泪水，温热而真实，就像是她曾给过他的那种感觉。

他想起他还从未告诉过她，正是这种感觉，替他把属于他们的时间，紧紧地锁在了记忆的旁边。🔂

【调调点评】：一次旅行，一场邂逅，一段感情，一次心伤。微凉的文字就像深埋在地下的美酒，历久弥香。她的故事里沉淀了些许人生的经历和她对感情的思索，这篇文章值得我们再三回味。

蓝目光

文／纸人　图／MOON

【个人简介】：纸人，B型血，不爱说话的双子座，无固定梦想和嗜好。

【写作感悟】：我一直都喜欢这么一种很淡很浅的爱情。有多少话是面对自己的挚爱，能够无所畏惧脱口而出的呢？总之，我没能够做到。所以，一个生来没有安全感、一个未来宁可独自孤寂。所幸的是，他们变成了乔安和唐锦。一个生命里小小的缺憾与错失，而丧失了对爱最初的秉持。他们都不曾因为如此空白的一个人而已。

唐锦不是一个乖乖邻家女孩儿。

也不是冰山一样的冷美人。

但是她有自己独特的气质。细软的黑长发，肤白如雪，瘦削身材和弧线流畅的锁骨，穿上夏季校衫时，肥大的衣服总是被风吹得纷飞鼓动。

还有，对于外在世界的种种冷漠——她基本上可以说是木讷了。埋首走路，寡言穷语，问话得三遍之上，她才抬起头。那时你们看清她的眸子是褐色的，那儿，像埋藏着两块尚未耕种的纯净的麦田。

当然，这些都不足以解释，那些围绕着她的长久不息的流言蜚语。

主要原因在于，她，被乔安喜欢。据说她是乔安的心上人。

这都是别人的猜测罢了。说到这个，唐锦心里清楚。

因为，十年那么长的时间，乔安从来都没对她说过任何跟喜欢沾边儿的词。

乔安是谁？

霍顿私立高中的生存法则第一条，知道乔安是谁。

你可以不知道霍顿私立高中历史悠久、实力雄厚、是富家子弟云集的场合，不知道学校一姐苏瑞儿，那个张牙舞爪的中法混血欧范儿美女，但，你得知道乔安是谁。

你得相信，世界上有被天工造化得如此绝伦出色的男孩子。同时你还得信服，男不坏女不爱这条令少年春心荡漾的真理，效力堪比鹤顶红，杀人于无形。早晨七点到傍晚六点，正常授课时间段，身高185厘米的伪杂志封面男模乔安，会准时不出现在教室里。

他可能出现在 A 高校泞巴破落的篮球场，老城区秀水街 31 号的摩托车修理厂 B，或者快被楼下小吃店淹没的台球室 C 房间。打架，赌钱，手下的小喽啰们对着过往的女孩吹口哨。

但是，如果他在微风习习的午后自习课上闯进教室 D，那么，只有一种可能，肯定是唐锦做了惹毛他的事情。

"唐锦，给我出来。"

说这话的时候，乔安已经极好地控制住了脸上肌肉扭曲的愤怒。

这是下午四点十一分的D教室自习课，窗外，是比已有七十六年建校历史的霍顿私立高中还要源远流长的红佛教堂。他能看见教堂尖耸的塔顶背后那片沉默的海，宝石蓝的颜色……真让人心烦意乱。

"没听到吗？唐同学。"

唐锦再抬头的时候，吼话人已经立在堆满课本的桌角旁，手里握着一叠包装精美的信，一封一封，全都没有打开看过的迹象。

"我没跟你说过吗？这种乱七八糟的垃圾不要莫名其妙地塞给我！"

正如托她传递情书的女同学们猜测的那样，猛虎下山一触即发的时刻，唐锦只是默而不语地合上书本："嗯。"鼻腔里逸出一个轻巧的字。然后从面前竖立的花花绿绿的课本里，又抽出另外两本书：高三历史书和高考复习计划全攻略。

凡事一旦加上状语"给我"，当事人的心理距离便会变得无比贴近。乔安说，"唐锦，给我出来"，谁都能看得出他暴怒的语气下是好不容易粉饰过去的温柔。温柔是稀释过的心疼。所以，女同学们才会纷纷堵住唐锦，直接跑到乔安面前，做含羞状，虔诚地捧起寄托爱意的信笺双手递上，他则会歪着美得邪乎的脸孔，瞪对方三秒钟，然后说出一个字："滚。"除了，苏瑞儿。

　　对于她数次的穷追猛打，火热进攻，乔安只是委婉地说："抱歉。"

　　现在，猛虎下山一触即发的时刻，唐锦留给他一个气定神闲的黑色头顶。而D教室里的其他人表现出来的，都是齐刷刷的琥珀色眼睛、张大的眼白、突然被点燃了的兴奋眼神。

　　"那好，"乔安笑一笑，走到窗口，扬起手里那叠包装精美的信，"她不听话，我跟你们说。我只说一遍，希望你们相互转达。从今以后，谁也别要唐锦拿这些恶心人的东西给我。不然，别怪我往主人脸上画花。"

　　他将手一扬，一个无情的抛物线，那叠信便带着数位少女说不出口的心事从三楼的半空中统统消失了。

　　"唐锦，放学后到后门花坛那等我。不准自己回去。"

　　其实，唐锦抬头看一下就好了，今天乔安的眼睛是蓝色的，他没戴隐形眼镜。

　　是的，黑色瞳仁，蓝色虹膜的外围玻璃体，就像一汪太清澈的湖水包裹着两座幽深孤岛，藏着许多甜美而寂寞的秘密。

　　这才是乔安最让人惊叹的地方。

　　明明是身高185厘米的东方帅哥，明明找不出像苏瑞儿那样欧化混血的脸部特征，却有一双异域的蓝色眼睛。

　　所以，霍顿私立高中的生存法则第一条，你得知道乔安是谁。

　　学校后门的花坛是用鹅卵石砌成的，这个季节，只有冬青还旺盛地生长着。

　　往前直走三百米是红佛教堂用铁栅栏圈出的庭院，庭院外有一块形状莫名的石台，这方石台烙印着他们的八岁。八岁的大年初一，乔安正跟混迹江湖的小哥们儿在这里玩得起劲。滴答针、窜天猴、水炮，炸响错落的空隙，一个穿红色小呢大衣的女孩突然晃出来，"乔安，乔安，你叫做乔安吧！"她兴奋而不知深浅地继续探近，"乔安乔安，我知道你眼睛的秘密哦！"

知道你眼睛的秘密哦！乔安嫌恶得一眼就认出了，那个新来司机唐老七的女儿，唐锦。

乔安永远都不会忘记，那天唐锦戴着一顶手织棉绒帽，粉得发灰，帽檐靠后还竖起两个脏兮兮的蓬松毛球。可是，她脏兮兮的帽子下面是一张圆而红润的脸庞，笑容甜得发腻，在天地一色的茫茫白中，一双灵动的眼睛大胆又无害地朝自己逼视过来。后来，她的绒帽被他们摔到了雪地上，一人一脚，很快，就被污浊发灰的泥雪淹没了。

脑海里的这些往事，可不会像红佛教堂前面的手工巧克力小铺那样，被风一吹还仍旧无声无息。

乔安收回思绪，在巧克力小铺里逗留，买了两块提拉米苏。

架子后面的注释牌上写着：提拉米苏的寓意，你知道吗？"记住我"和"带我走"。

"你想考哪一所大学？"回家的路上，乔安低头问。

"没想。"

乔安觉得是她不想说："你要考哪一个告诉我，我要……他，提前打点。"

他，在乔安的字典里，代指爸爸。唐锦埋着头："你爸爸……昨晚来我家找你了。他……不知道你去哪儿了。"

昨晚？那他今天也许会知道了。昨晚乔安把张豆豆堵在角落里好一顿揍。因为几天前放学的时候他看到唐锦不小心撞到了他，后者脖子一梗，当场狗嘴里吐不出象牙地喊道："你妈Ｘ不长眼啊！"所以，他去找他了。

需要放在心上的是，这些事情，唐锦不用知道。

绕过红佛教堂，森林广场，就到了像乔安这种富豪人家聚居的别墅区。唐锦住在外围对面的老式筒子房里，房子是当初刚来时乔安的爸爸给安排的，便于司机随时待命。据说这里不久也要拆了。

冬天的暮色总是来得奇快。最后一缕阳光已经从逼仄的楼道里撤退了。"把手给我！"乔安说，只是出于习惯，打个招呼，他已经把她的手抓进了自己手里。像往常一样，唐锦安安静静的，她的手也是一贯的那么凉。乔安希望，她偶尔可以抬起头，用麦田一样褐色的眼睛盯住自己，问："乔安，为什么十分钟前你握住我的掌心，十分钟后移到指尖？"

他就能故作文艺腔地矫情地回答她："因为这样，你整只手都会暖和起来啦。"

"叔叔。"

"叔叔。"

蓝目光

文／纸人
图／MOON

乔安称呼唐锦的爸爸。

唐锦称呼乔安的爸爸。

打开门的一刹那，他们都看到了狭小的客厅里坐着的两个人，乔安的父亲怒火中烧，唐锦的父亲神色憔悴。四十岁功成名就的"他"看到自己的蓝眼睛儿子，立刻暴跳如雷了："你一天不找事就不是你了？你不想在这个家里待了趁早滚！去找你那个死了没埋的妈！"

乔安站在唐锦背后，足足高出两个头，圈着手，正对他，倚墙而立。

"是啊。不知道谁死命要我回来的。也不知道，谁心里觉得我不是他儿子。"

这个时候，吼声震天。唐锦仰起了脸庞，看到苦于无处泄愤的"他"实在不知扔什么好，刚才乔安放在茶几上的两盒提拉米苏，于是光荣就义了。

乔安伸出手臂一挡。就这样，"记住我"和"带我走"冲出单薄的纸盒，在空中飞舞一周，最后落在了泛黄的墙壁上，擦出两道忧郁而绵长的伤。

在十二月，霍顿私立高中是有女生节的，在平安夜的前一个晚上。女生节，平安夜，然后圣诞。

布告栏里贴满来自女生们各种字迹的"待实现愿望"小字条：

"我想要诺基亚新出的N97。谁给？"

"大家好！我今年的愿望，只是希望圣诞会下雪。好久没有堆雪人了！"

"我就希望乔安做我一日的男朋友，那会是什么感觉？……"

……

乔安知道唐锦的心愿是什么。

她喜欢焰火。

八岁那年她从远方跑进自己的世界，也许很大程度上，就是被他身后绚丽蹿起的魔术弹吸引过来的。

这毕竟是二〇〇九年霍顿私立高中的最后一个女生节了。他们八岁相遇，一直在一个学校，一个班，从来没有分开过。哦，当然了，这得归功于他的努力。归功于他听到散发着刺鼻香气的苏瑞儿无数次对自己说喜欢还得装孙子地说"抱歉了"。

元旦这一天，下午早放了学。乔安俯下身在唐锦左耳旁低低地说："今天

068

晚上，我带你去一个地方。好吗？"

所有的悄悄话，一直都是对着左耳说。

科学研究报道称，甜蜜的话对着左耳说会更有效果。这句话，乔安好像着魔了一般当成宝贝，放在心上不敢忘却。从初二开始，他每天晚上送唐锦回家。第一次在黝黑的楼道内他想要牵她的手，就是这样，俯下头，轻轻地在她的左耳边，小心翼翼地询问："这里好黑。把你的手给我，可以吗？"

现在，唐锦一如当年冷漠，甚至是有些木讷地抬头望着他。乔安看见她纯净如麦田般的褐色眸子。

她没有回答。唉，这样，就够了。

这座靠海城市，城中央海拔最高的大厦已经竣工。四十七层，楼顶是封闭式阁楼，四周则是环绕覆盖一切的透明玻璃窗。不加任何遮饰的话，夜会安静无垠地抵入。星月都触手可及地悬挂在头顶。

这是乔安爸爸开发的楼盘，还没有对外出售。傲视一切的四十七层楼，云都好像要踩在脚下。元旦的晚上，城市四处腾空而起的焰火，也都缤纷华丽地匍匐拜倒在它的脚下。

乔安带唐锦来到这里。

"看到了没？那是红佛教堂……下面那个映亮的，是海呢！"就连乔安自己，也激动得不自持起来了。

"嗯。是海和教堂。"唐锦点点头。她抱着腿，在楼边缘的玻璃窗旁坐下了。

乔安也蜷起长腿，在左边坐下，静静地挨着唐锦。

这一刻，两个孤独的孩子，头顶是纯净的夜，脚下是迷彩的流光。是火与花接连绽放的动人的海。而这座城市，所有其他，都为他们在远方璀璨地盛开着。

乔安突然想到了八岁那年的唐锦。她雀跃着跑向自己，像现在这样，眼睛

里一闪一耀，映着光华。

那个时候，她的脸圆嘟嘟的，戴着可笑而脏兮兮的绒帽，毫无芥蒂地冲向自己，露出甜到发腻的笑。

"乔安乔安，我知道你眼睛的秘密哦！"

她一下子就戳中了压在他幼小心头上的深深哀伤，于是他一挥手，把她从石台上推了下去，她的绒帽就在四散逃跑的小哥们儿的鞋底下，深深陷进了泥雪里。从那之后，他开始戴加黑瞳孔的隐形眼镜。他再不愿其他人看见自己清澈见底的眼睛。终于，白天的阳光和人们的目光，渐渐远去，不再尖锐。

又是一朵桃花焰火。升起，炸开，散落。乔安靠近她的左耳，呢喃着。

"唐锦，为什么我跟别人不一样？为什么我的眼睛是蓝色的？为什么妈妈发誓地笃定最后还是负气离开了？这样活着，好累。和爸爸冷战，好累……过完年后，我就去做亲子鉴定。我想知道我是谁。可是，如果，我跟爸爸真的没有血缘关系，我……该怎么办？

"唐锦，我……好害怕。"

陆

四月春暖花开，五月草长莺飞，万物重生的季节，对于霍顿的高三来说，也是伤感别离的季节。

学校后门，鹅卵石花坛里，冬青挺过了寒冬，叶片绿油油的。点缀其中的红月季、粉牡丹，也一朵朵开得娇艳妩媚。可是明眼的女同学会伸出一根食指对着你左右摇动，故作神秘："切，乔安，他可是很久没出现在那儿啦。嘿嘿。"

乔安已经很久没有出现在那儿了。

乔安忙着去大医院参加各种会诊去了。这些，他都没有跟唐锦说。他只是想在最后给她一个交代。

放学之后，唐锦经过手工巧克力小铺"须臾间"。

今日新品：魔鬼蛋糕——可可含量高达70%，可是疗伤圣物哦！

唐锦突然间好想吃。她垂下头，再抬起头的时候，已经走到了红佛教堂的石台旁。渐渐下沉的夕阳被一堆人挡住了。

"哇，今天自个儿走啦？那个护花使者呢？"

说这话的，是伤愈不久的张豆豆。要不是乔安，他或许还能在霍顿多泡几个月的妞。就算乔安不在，他原本也没这胆对唐锦说这话，但现在他的前面，耸立着双手抱胸的苏瑞儿。

"乔安不要你了，没错吧？"苏瑞儿笑得十分得意，"不撒尿照照自己那样，乔安就是看你可怜玩玩你。他看你可怜，才要他爸爸求我爸爸把你弄进霍顿的，傻子唐。"

她最得意的，是自己中文的造诣，还有——她回过头去对张豆豆和其余一班太妹抛的那个意味深长的眼神。

她们不知道，与此同时，距离她们五公里之外，乔安正心急如焚、坐立不安地坐在他爸爸的车里急急返回。他的手里，捏着两份医学诊断证明书：

亲子鉴定：基因相似度，99.999999%。判定亲生。

局部白化病眼型：眼部色素细胞缺乏，导致虹膜呈淡蓝色，不妨碍正常视力。

他终于能够笃定地告诉唐锦，我喜欢你了，他终于能开心地对她说，我有爸爸了。唐锦，而且我很健康，我能给你一个美好的未来！

未来说得太早，总是招致厄运。乔安应该明白。

当他心脏怦怦直跳地找回去，看到斜倚着坐在石头底下的唐锦的时候，就立即后悔和恼怒了："你们找死是不是？"

乌合之众立刻作鸟兽散。

乔安丢掉医学证明书，小心扶起她，看到她裸露在外的胳膊与腿上布满了灰色的脚印、泛着毛边儿的擦伤，他心疼得快掉泪了："没事的。我背你去医院。"

"嗯。没事的。你回来了。我想……再看看焰火。"

"看过医生……我就带你去看。"

五月中旬，哪来的鬼毛焰火？

乔安看着医生用赤褐色的棉签在唐锦瘦弱的胳膊上来回擦拭，他转身走出去，拨了通电话。

于是，在五月十三日晚，居住于E城的人们纷纷涌到窗口，惊喜而迷惑地望见焰花此起彼伏地烧红了E城的远山近海，清朗夏夜。

人们心里倒很清楚："什么日子啊，放焰火，这得费多少钱，谁家吃饱了撑着有钱没地儿使！"

是，这个在E城只属于他们的夜晚，他们吃得饱饱的，坐在四十七层顶楼，脚边堆着开封的盒子。

这个季节，"须臾间"的包装盒换成了樱花图案的了。吃完里面的牛奶慕斯，盒子底部写着——

你知道樱花的花语是什么吗？

等你回来。

等你回来，乔安又想起八岁的时候，那是他人生中第一次焦灼的等。从石台上摔下去的小唐锦孤零零地躺着，就像刚才那个让他不忍回想的镜头一样。她妈妈跑过来战战兢兢地抱起她，跑到医院检查去了。那是个挺泼辣的女人，但抱起唐锦的时候，也忍不住哭了。

他真没想到自己下手那么狠，她就像一张纸一样飘下去了，他只不过是想吓吓她，表达一下自己的厌恶。

谁也不知道，那天下午小乔安又偷偷跑回石台那里，刨啊，挖啊，终于在脏乎乎的泥雪里把她那顶更脏又难看的绒帽找了出来。他想起她戴着这顶帽子傻乎乎的样子，不知怎么的，忽然，就掉下了眼泪。

唐老七说没事没事，孩子没事。只是过了不久，唐锦的泼辣妈妈便不见了。就像她自己亲手织的那顶绒帽，不知躲到了哪一堆雪下，藏进了这个世间哪一个角落。唐锦从那时起，就变成了今天大家都看到的模样：瘦削、冷漠、木讷、埋首走路、寡言穷追。

乔安不会告诉他把她的绒帽捡回来了，并洗刷干净，好好地保存着，他只是在又一枚焰火照亮了天空和唐锦的侧脸的时候，大声问："唐锦，你不告诉我你要考哪一所大学吗？我……想跟你在一起。"

唐锦摇摇头："没想。"

她没发现乔安悄悄地转到了她的左耳边，细语呢喃着——

"唐锦，我再也不用怀疑了，我是爸爸的亲生孩子。而我的眼睛，医生对我说，那只是一个美丽的医学意外。

"唐锦，我……

"终于不必担心自己是奇怪的野孩子，终于不必惶惶不安了。十年……我终于，有资格对你说，我喜欢你了。"

七月流火，九月授衣。

霍顿的高中生活结束了。再也没有口哨可以乱吹，也没有了谣言漫天乱飞。

乔安看着蹲在大旅行箱旁边收拾衣物的唐锦，心想，这女孩儿，心可真够狠的。他八岁那年推了她一下，打算用一辈子来还，现在他能还了，她却连一个机会都不给。

她终于做到守口如瓶，三个月后，直到临行前，他才知道她的火车票是去往北方某一个城市，那里没有教堂和海，没有什么可以让她回想起这里的事物。

火车的汽笛声催得人直想掉眼泪。

旅客们请注意……旅客们请注意……

乔安看见唐锦和拖着行李箱匆匆行走的人群，沉默而安静地走进长长的列车的某一节。他站在月台上，火车启动了，他一步一步地跟着，突然之间，就明白了那些落单的男女主角为什么要追着火车矫情地奔跑。

那带走的，是一颗多么难以割舍的心！

"唐锦，你会回来吗？"少年的声音，回荡在汽笛轰鸣、人影四散的站台上。

唐锦透过车窗，看到被列车越甩越远的他飞跑起来的样子，像是要永不放手他们即将远去的光阴年华。

她拉上窗帘，闭起眼睛，向后放松身体。

眼泪，突然就滑了下来。

手提袋最上面，放着乔安硬塞给自己的 iPod，里面存着一部他看过很喜欢的电影《Dear John》，分手信。他怕路途太远，无人陪自己说话，心里觉得孤单。

　　她的眼泪又掉下来了：乔安，谢谢你。

　　谢谢你陪伴我走了一路。我心里多喜欢你，就该走得多远。直到永远。

　　我八岁那年，第一次看到传说中你的眼睛，多么漂亮的颜色，在那么好看的脸上，就像两颗会说话的蓝宝石。我摔下石台，那块石头一点都不高，只是谁都没注意到，一个哑炮在我的左耳边恰好炸响。医生后来的诊断结果是：左耳完全失聪，右耳丧失百分之四十的听力。爸爸怕丢了工作，叫我守住这秘密，妈妈忍受不了这横来的灾难、素来的穷苦和老实巴交的父亲，最后跟同乡一起南下去了大城市。我不是因为妈妈的离开而抑郁，变傻，我终于可以不用听到他们为了一两菜几分钱而夜夜争吵，只是，从此之后，人们说什么，我也再听不明白。

　　所以，就这样，从那年，一段回忆，两个画面。

　　对不起。乔安，我走了。我……终于能走开了。

　　再见。

　　只是，我曾经无数次贪婪地想要知道，这些年你对我说过多少悄悄话，它们是什么，那样忧伤地逗留在我的左耳旁边。⑥

　　【小锅点评】：在这个故事的开头，我一直很奇怪，为什么唐锦总是一副淡漠疏离的样子，为什么对一直喜欢的乔安都是漠不关心的样子，一切的原因在故事的结尾最终被揭晓，突然为这个一直默默地、坚强地努力成长的女孩心疼起来！

离开你，
离开鸟落镇

文／尘世流年
图／文子

那天，我做了一个梦，梦里有一段说不出始末的追寻。我伸手，手指间呼呼地溜走抓不住的风。

彻底醒来之后，发现又是一场大同小异的梦。同时，耳边又开始响起熟悉的声音，呼啸的疾风的声音。

21 岁之前，我没有过恋爱史。倒是有过蓝颜知己，所谓知己，就是可以一起聊天喝酒 K 歌甚至一起飚泪，喝醉酒勾肩搭背，把我爱你你爱我说得像玩笑话一样的人，就像我和简庄。

大三那年，简庄在外租房，我沾光搬到了他的窝，两间房一人一间。我买了整桶油漆把墙壁涂成深蓝色，房子里每一块墙经过我的营造都变得皱巴巴的。在我的慢性侵略下，他只能抱头长叹。

我着重渲染 21 岁这个年份，是因为同寝室的女孩拿着命相书煞有介事地对我说，我会在 21 岁遇见我的真命天子。

我很迷信，所以非常相信。早熟的我，还是把仅有的天真都赋予了这场充满宿命的等待。

我曾经把这件事郑重地对简庄说了，他认真地看了我数秒，说，你既然这么相信，那我就只能预祝你如期遇见吧。

大三下学期进入了实习期，正好让处于闲置状态的我多了大段空白挥霍的时间，于是突然决定一个人去旅行。我在行囊和身体的挤压中侧身穿插，好不容易钻进了一节车厢。

半夜手机在荷包里震动，简庄在寻找我的下落。

火车到站前的几个小时，我靠在车厢壁上沮丧无比，手被行李勒得生疼。我疲倦地闭上眼睛数落自己，为什么自找着出来遭这份罪。

千里迢迢，心血来潮。

我对乌落的神往缘起于杂志上刊登的几张照片。蓝天白云青山绿水，小桥流水人家，黛青光亮的方砖铺成的街道，沿路密集的小店、酒馆、咖啡厅，还有夜晚蜿蜒成星海的酒吧。

到达乌落的时候还是清晨，它带着睡意沉浸在清静中，确实是一个绝佳的避世小镇。慢悠悠流转的空气清新得像是透明网格，把我在火车上憋闷了一宿的浊气过滤得干干净净。

芷樱是我的地导，比我小两岁。在我刚下车时，她就笑容满面地迎上来接过我的重物。她有一双柳叶眉，一双水汪汪的眼睛，还有一个光洁的额头，五官的构造和谐，充满纯净的明艳。

芷樱带我到旅馆之后，我难掩劳顿，闷头就躺在了床上，睡着之前的最后一件事是给简庄发短信：我在乌落。一切安好。

没想到在异乡居然会有这样沉香的睡眠——一个梦都没有的干净。更没有睡梦中常常出现的场景，也没有张满耳朵的呼啸风声，醒来直接是黄昏。

四周环绕墨绿群山，这条街的中部贯穿了碧绿如釉玉的河塘，但这里却到处喧腾着声色。我发短信问芷樱有什么地方值得去。她回了我，DOLL。

于是我的第一日的夜生活，是在一间叫做DOLL的酒吧里度过的。我选了靠里面的角落，桌子中央放着漂浮在水面的莲花蜡烛。我叫来侍应生，点了一杯龙舌兰，自顾自地啜饮。舌尖的凛冽，味觉的微甜，入喉的刺辣。

九点钟，前面开始有乐队演出。从我的角度看过去，在最靠内的位置有一个瘦而沉默的男子，偶尔扭身依稀可见轮廓优美的侧面。他穿着白色衬衣，只顾低头弹琴，偶尔伴唱，声线悦耳而易于辨识。

于是，我就这么认识了岈树。他像流浪歌手一样无意而优美地经过。

简庄通常用来形容我的词，是没心没肺。没心没肺的我，从来没有因为一个人的歌声而有想哭的冲动。但就在这个夜晚的这个时分，一股缓缓流动的气流从耳朵进入，扩散到全身，那感觉似曾相识，我费力搜索，终于从零星中揪出了一条线索，是的，它像极了在我梦中呼啸的疾风声。可风声变得不再凛冽，它化作暖流，软而轻柔地流淌，把我灌得暖洋洋的。

唱毕，全场空白了半分钟。

主唱说，下面的朋友有想唱歌的可以走上来。

我想我是醉了，竟然走了上去。

我可以唱首歌吗？我特意留神那个白衬衫的男子，光线太暗看不清面孔，他的眉头皱得很紧，像深锁的门，将人拒之门外。他双手悬在琴键上，不抬头，对外界没有半分好奇。

主唱笑着点头。

我迟疑了片刻，我能唱刚才那首吗？

话音刚落，白衬衫男子猛地抬头，眼神冰冷地看着我，不友好地说，你干吗

离开你，
离开乌落镇

要唱那首？

我拘谨地笑了一下，我听你唱得非常好听，所以我也想……

他粗鲁地打断我，不行！

我促狭又不甘示弱，为什么不行？

我说不行就是不行。

但我真的喜欢。

他甩下支架上的麦克风，气急败坏地走了，走前撂下一句话，你这个人真是不可理喻。

尴尬的场面，让我站在原地半晌才想起要逃离。走在夜风习习的路上，我才发觉自己的脸红得发烫。

第二天走在没有破晓的街道上。前夜纸醉金迷的酒吧街，现在只剩下了沉静。

我在一个小摊上点了早餐。一个人坐在了对面，借着光我看得很清楚，棉麻衫空荡荡地套在身上，衬得他更加白净和瘦。他的眼瞳，在我找不出颜色形容的时候，突然想起读书时化学课上的一种火焰的颜色，钴蓝，对，带有绿光的钴蓝色，那是一种冷凝而空灵的颜色，深到隐藏忧郁。

我隐约中动了恻隐之心，面对着这个介于男人与男孩之间，融合着英俊与冷漠的人。

还是我先开口说话，昨天的事，实在对不起。

他这才注意到我，淡淡地应了一声。

即使我说再少的话，在他面前还是显得聒噪。可我不由自主地说下去，我很喜欢听你唱歌。如果你不介意，我还可以去听吗？

我又限制不了你的自由。他还是以生硬的语气回复我。

在他起身走的那一刻，他突然回身，你要是想唱，可以选择别的歌。

我的挫败感在他的余音里消散。

他双手插在裤兜里目不斜视地直走向前，我起身跟在他旁边。他走得很快，我两步并一步才能跟上。我追着他说，我叫段冉，能告诉我你的名字吗？

他沉默了很久很久才说出两个字，岈树。

我十几岁应该有而没有的稚气，在二十多岁时姗姗而来，我像个歌迷对偶像的狂热那般，每晚都去酒吧听歌。依然坐在不起眼的角落，喝一点酒，听婉转动人的歌声像暖风熏醉我的耳朵。

尽管如此，我和岈树却没有什么交集。他是喧嚣世界中那么安静的一个存在，静静地唱歌，静静地弹琴。这样的一个人，当你因喜欢而追随时，只怕打扰这份宁静。当你因不喜欢而背离时，又会不忍心去刺伤他的骄傲。

进退，都怕破了完美坏了兴致。

手边的火车票催促我回去。最后一天晚上去酒吧，一如既往没有和岈树说上一句话，他的声音也是经过歌声的承载传到我耳边。可我觉得，我把什么东西留在了这里，不想带走也挪动不了，否则不会在回程火车上，心里有缺失般的空荡荡。

回到了充斥着钢铁意志的南方城市，我拖着行李进门时撞见了简庄，他几乎惊讶得大叫起来，你终于舍得回来了？还以为你不回了呢。

我像是自言自语，如果可以，我宁愿不回来。我抬起眼睛接着说，简庄，你会不会想念一个完全在你生活范畴之外的人？那种感觉，就像他在远方的存在，使你现实里面的一切都不再重要？

你在说什么呀？

我在乌落镇遇见一个人，放不下了。

简庄抓起我的手就把我往卫生间里拉，你多大了，怎么还做这种不着边际的白日梦啊？赶紧洗个热水澡清醒清醒，明天起给我踏踏实实做人。

在乌落镇被我抛弃的梦又回来了，它在乌落绝迹却在 A 城复苏，还有梦境结束时，半醒半眠中荡漾在耳边呼啸的风声。

第二天看着镜子里睡眼惺忪的面容，我百思不解，为什么这个梦随着地域的不同，显隐得这么分明呢？

在我再次跳上火车之前，经历了一场兵荒马乱的面试。我逃出了那幢金碧辉煌的写字楼。我不太会思量结果，我擅长的只是不假思索和不顾一切。

和上次一样，买了一张火车票。轻车熟路地在同一个车站下车，直奔同一个旅馆，找同一间房间。待到众人察觉我的失踪追问下落时，我群发了信息：准备面试耗费太多元气，外出散心，勿念。

晚上我再次踏进 DOLL，像过电似的又沉浸在了歌声当中，那歌声在我脑海里早已回荡了一遍又一遍。岈树依旧是白衬衣的打扮，唱得动情沉溺，他是最先沉醉在自己歌声里无法自拔的人，那副华丽的样子好像一辈子都不会变。

耳边暖风复又归来。

我默默跟着岈树，显得有些诚惶诚恐，绕过两个街角，一直到他家门口。

你干吗老跟着我？他终于停了下来，面有愠色。

还认识我吗？上次来过，听你唱歌。我说。

他想都没想，不认识。

我不惊讶，只是感到有些无趣。

还好我的地导芷樱出现在我们面前，她走到岈树面前，笑着对我说，我刚刚泡了茶，这茶在外地喝不到的。她过来拉我的手把我带进了隔壁的一个庭院，门口的红色灯笼格外耀眼。

原来，芷樱是他的邻居。

我把茶杯捧在手里，手指不停地转动着杯沿，没心没肺的我很少会露出这样不知所措的表情。

芷樱看出了我的紧张，她跟我说，你不要自责，他的怪僻在全镇是出了名的。

芷樱还告诉我，岈树在乌落镇待了六年，没有人知道他从哪里来，也不知道他要到哪里去，他也从来都不提起，因为他的孤僻寡言，更没有人敢问，他的历史对于所有人来说是一片空白。

一个没有历史的男人。

一个有着钻蓝色瞳孔的男人。

一个我怎么解都解不开的谜。

他像塔罗牌上倒吊在卷曲树枝上的神秘男孩，象征占卜的牌面窃听了我的运势和命运。

我坚信，这样的魔性男人，是会让所有女人都趋之若鹜并且为之飞蛾扑火的。夜夜去 DOLL，交集都是站在我个人立场上的定义。他就是有着拒人千里之外的淡漠，冷得像一座冰山。而我，是途经此处触礁的游轮，几近沉默。我想我就是爱上了他的歌声，他无比的傲慢，拒人千里的冷漠，一言不发的沉默，甚至是我想走近却没有途径的谜题般的过去。

我这艘游轮再次无功而返，带着暗伤回到了 A 城。

那段把火车当做计程车的追随日子暂时告了一段落，但只有我知道，这段日子的安分只是暴风雨前的平静。一个更大的想法时时刻刻在我的心里面蠢蠢欲动。

我想我也许可以为了追求一段苦恋而离开 A 城，从一个背包客变成乌落镇的常居客。但这势必意味着我要离开我视作家乡的城市。它给予了我身份、历史、背景、依靠以及一切的一切，我对它熟悉到可以与每一粒灰尘相亲昵。离开它，我就会变成一根被扯离大树的孤藤。而放弃城市生活居住到山长水远的小镇，更带有了一种与我年纪不相符的归隐味道。所以我知道，这个重大决定的做出，一定会像一颗原子弹引爆我生活的根基，触及我的朋友、家人和我自己。我踌躇于这个决定，它对我来说简直就是一场心战。

可是，暗中的命运指引，却帮我下定了决心。

当日报纸的头版头条就是台风肆虐的消息。报道中称，刚刚平息的灾难是最近五十年来正面袭击大陆的最强台风，造成严重的财产损失和人员伤亡。

这次台风登陆的地点，就是乌落镇所在的省份。

不知道哪里来的一股强大力量，把我的思维扫荡成空白，追赶和驱逐着我心慌意乱地奔向火车站。铁路刚刚恢复运输，候车室人满为患，我苦等半天，只买到仅有的一张站票。十八个小时的车程，我在车厢里的拥挤中，双腿像灌了铅一样沉重。

我直奔岈树的屋子，门前的灯笼只剩下骨架，木门也布满了潮湿的裂缝。我抬起的手在发抖，在碰触到门的刹那我没有叩下去，而是转向了隔壁的芷樱家，颤颤地敲了一下门，等待的几秒钟就像几个世纪。

还好，芷樱探出头来。

芷樱说除了淹水，镇子没有遭受什么灾害。

我悬着的心终于落下。芷樱进后院烧水时，我晃荡到了院子外，准备再去敲岈树家的门，却发现门是虚掩的，里面空无一人。我带着探寻的心理悄悄潜了进去。这是一个清简到几乎家徒四壁的房间，我的视线沿着墙壁落到他的桌子上，上面摆放着一个相框。我拿起来看，照片里有一个美丽的女人，她笑容恬静，浓黑的大眼睛闪着水光，淡妆的面容清秀精致。

这大概算得上是我唯一窥探到的岈树的身世。

我心乱如麻地退了出来。

我在 DOLL 对面的店里坐到酒吧打烊，迫近天亮的夜空是透明的深玫瑰色，岈树的身影映着这幅画走了出来。

我叫住了他。

他回头，你还没走？

我有些话想对你说。

什么话？要说就快说吧，我还要赶回家睡觉。他又有点不耐烦。

我不敢正视他的眼睛，因为那钴蓝色的眸子里的低温足以让我结冰。我像个犯错的孩子般吞吞吐吐地说，我第一次到这里来，听见你唱歌，就与这里结下了不解之缘。无论我身在哪里，甚至回到城市，你和乌落镇都在脑海里挥之不去。这里刮台风，我不顾一切地赶来，当我看见你平安，我发觉，原来只要你存在着，我就已经很满足了。对于你我根本没有什么期望，我太不了解你，你有你的过去，你的坚守，你防备的拒绝。今天这番话，说与不说，对你而言也根本无关紧要。但是对我而言，至少它让我不后悔。

我说着，从包里拿出一张车票，不论我多么一厢情愿，我每来一次乌落，就会多买一张回程票，幻想着你愿意跟我走的那天。

我说完转身离开，他却拉住了我。我惴惴不安地看着他，心跳快得几乎阻断了呼吸。

他孤寒的眼神像刺一样扎得我无所适从，比这更刺痛的是他说，你的幻想不需要我来成全，不要再做这种无聊的事情。

他把车票在我面前撕碎，一松手，纸屑散落。飞扬的碎片徐徐落下，有些被风吹远，坠落在地上的仿佛就地生根。我痴痴地看着他，眼眶隐隐发烫。我的骄傲片甲不留，甚至于我的自尊，也被他用利刀毫不客气地一块块切割。

被世界遗弃不可怕，喜欢你有时真可怕。

我蹲下来把碎片一点一点拣起来，可是太多了，怎么拣也拣不完，我想如果当时我能哭出来，一定会好受一些，但我的眼睛干燥得发烫，泪水就是不肯掉落。

突然一阵急促的脚步声逼近，一个男人隔在了我和岍树之间。他猛地推了岍树一把，岍树瘦弱的身体完全承受不了这一记重击，猝不及防跌到桥栏上。我连忙站起来拦住简庄。

你不必那样对他，他没有错，他只是不爱我。我恍惚地说。

不爱也不需要做那么绝吧。好像谁欠他的！

简庄怒气正盛，但转瞬他就变得瞠目结舌。

嘴角带有淤青的岍树走了过来，我以为他会反击，一秒以后，他给了我一个醉心的吻。融化冰山的炽热和原本的酷寒，同时在我的唇上汇集并交锋，腾起淬火般的烟熏火燎。我无法试探自己这一刻情绪的底限，因为我已经化作了一颗冰粒或者火屑，融入了天地之中。

　　我用我横冲直撞的血肉之躯，终于融化了这座冰山。

　　事后，回想起这段往事，总让我想到张爱玲的《倾城之恋》——香港的陷落成全了她。也许就因为要成全她，一个大都市倾覆了。

　　这场五十年来最强的台风，是不是具有同样的意义？它让我深信我跟岈树的那一吻，不同于人间的任何一个吻。

　　爱令我们拆卸心防。爱让我们勇于担当。

　　岈树对所有人封闭的心扉终于对我敞开，他的第一句话便是，如果我是一个亡命之徒，你还愿意爱我吗？

　　随后我便心惊胆战地知道了他的过去。他的往事实在太斑驳，斑驳得就像从土堆里挖掘出来的化石，上面布满了青苔，剥开它们，就露出了阴鸷的裂纹。

　　岈树来自南方的一个小山坳。那是个落后闭塞的地方。在他很小的时候，村子里掩藏着巨大的罪恶，经常会发生犯罪团伙拐卖小孩的事件。有一年，他也被人贩带走，但在诱拐的途中，人贩去小解没有把他在树上拴牢，他挣脱开后怕再被追上，就急中生智跟当时路过的另一个孩子调了包，他跟他对换了衣裳，再把他拴在树上，结果那个小孩被人贩带走了。所幸不久以后小孩被找了回来，但人变得痴呆，好像丢了魂魄一样。到医院检查后才知道他被摘除了一个肾，因为惊吓过度还患上了失语症。他家一直都在找人为孩子治疗，终于在十五岁那年他能够重新开口说话，他说出的第一件事就是岈树与他调了包。本该别人遭受的劫数却落到了自己孩子头上，那户在村里有钱有势的人家扬言要岈树血债血偿。岈树连夜逃命，流亡到了最北边的这个小镇。

　　我从十六岁离家之后就再也不敢回去，在那里我是一个不存在的人。他长叹了一口气。

　　我没有畏怯，只是伸出手，沿着他俊美而沉郁的脸颊轻抚下去。我终于知道了他的忧郁从何而来，他的冰冷因何而生。当时我唯一所想的，只是在往后的时光里，加倍偿还他在过往岁月中受过的伤害和惊恐。

　　我把这件事一五一十地告诉了简庄。末了，我对他说，我决定留在这里，跟他一起生活。

　　令我意外的是简庄没有异议。他只是拍拍我的肩，说，你还记得你说你会在

21 岁遇到真命天子吗？

当年这个让他非常不屑的预言非但被他记住了，还在今天被他再度提起。他说，既然你已经决定了，就好好跟他在一起吧。有什么事随时联系我，A 城的事情我会尽量帮你善后。

直到现在我都不知道简庄是怎么追随我来到了乌落镇，我只知道，无论我怎么走，犯了多大错，依然只有他来安慰我。

我跟简庄用一个沉重的拥抱做了道别。

很多年以后，我把这段话抄写在信纸上，就像给远方的人写信：我也曾想过长久种种，不可终日。站在夜尽之前曾有圆舞，密语，低眉，浅笑，静默，秋凉，直至时间将我们风干，人潮卷没谁也不曾埋葬谁。然而我们隔土静听，犹记起瘦弱之身曾经有所承诺，有所欠缺。

我们之间发生的故事，一如这密集的字句，温柔，却黯然。

笔尖就像犁铧，在纸张上摩擦游走，抚顺我遗失的那段岁月。柔软的纸张浸满了温柔与黯然，投递到了不可知的来日，终成虚无。

只是在当时，充满了勇气的我还不懂得，被命运推着走的人，即使个人的意志再强大，也无以振动命运沉重的判决，一如倾城成全的聚，一如颠覆酿造的散。

我和岈树过了一段神仙眷属般的日子。我们一起登台唱歌，音符袭来的时候，我觉得我们的面前腾跃出了一个又一个光圈，卷走了在场所有的人，只剩下我跟他沉沐在光圈里，彼此凝视。而在闲暇的时候，我们又会骑着单车环山而行，在山青水绿间，穿梭成最优美的诗画。

自从我进入岈树的生活以来，他的书桌上再也没有放过那个女人的照片。有一天，我终于鼓起勇气问他，你之前桌子上的照片为什么不摆了？

他只是说一张照片而已，没什么。

我便没有再追问。

对于我而言，用炼金术一般的赤诚锻造了这段来之不易的爱情，那么对于一些彼此的保留，我亦是可以接受的，这些都绝对不会影响金子的纯度。

我是在收拾东西的时候无意看到了岈树荷包里的粉红色车票，然后我翻遍了每个角落，却只找到这一张，当时就隐隐感到了心慌。

除了岈树之外，我唯一可以倾诉心事的对象就是芷樱。

我对芷樱说，我突然有一种预感，岈树要离开我了。

芷樱握着我的手安慰我，你不要胡思乱想，也许他是帮人代买而已。

然后，芷樱为我斟了一杯红枣茶。一杯散发馥郁芳香的热茶下肚，热气在胃部渐有扩散的感觉，与此同时，我的头也慢慢变得越来越沉，越来越沉……

在我保持最后一丝清醒的时候只隐约地听到了一句话——即使在神志如此不清的时刻，我也能听出那个声音，因为它曾是一个寓言，一种召唤，像暖风一样将我耳畔的气流变暖变热——那个声音说，没有想到我的行踪还是暴露了，段冉，对不起，我不得不离开你继续去逃亡。

然后我模糊地感觉到他在我额头上轻轻地印下了一吻。

等我醒过来的时候，已经坐在了一辆颠簸的车上，身上裹着毛毯，身边坐着简庄。他告诉我，我饮用的那杯茶里含有少量的氯仿，但从用量可以看出，投放它的人并不是想置我于死地，只是想让我暂时昏迷。

简庄还告诉我，他听我说了岈树的事情后，亲自去了一趟他的家乡。在那个小村子里，根本就没有一个叫做岈树的人。

倒是在六年前，村子里发生过一宗匪夷所思的命案。一个父亲被他的儿子囚禁了起来，在荒山废屋里用铁栏围了一间密室，一关就是三年。在这三年里，他儿子从不跟他说话，只是定时送流食进去。为了防止他自杀，拔掉了他的牙齿，为了防止他撞墙，在四周全都安装了泡沫。他曾苦苦乞求赐他痛痛快快的一死，可儿子却冷酷地一点一点把他消磨成活死人。等到三年后有人发现他并将他救出来，他已经只剩下一具干枯的皮囊。看到第一眼光线，听见第一声人声时，他抽泣到几乎窒息。因为承载不住突然而至的阳光和空气，他被救出密室之后，没过多久就暴毙了。

在死去之前，他强撑着最后一口气供认了自己的罪行，才让这件匪夷所思的事情真相大白。

儿子之所以会对他实行这样的刑罚，祸起于更早以前的一件事故。

儿子与一个被拐骗的儿童调了包后成为替罪羔羊，被人摘除了肾器官后才被父亲找回来。当他有一天发现自己的父亲竟然也是这个拐骗团伙的一员时，复仇的种子就长埋在了心里。16岁的他勾引了继母——这个比父亲小十多岁的女人。继母怀上了他的孩子，蒙羞的父亲将她推下楼梯导致她小产死亡。儿子在报复的过程中却对继母动了真情，父亲的双重罪行使得本来只想用女人来惩罚父亲的他，选择了以求生不得求死不能的方式给这位恶棍父亲加刑。在他看来，他所实施的，是比死刑更残忍更慢性更折磨的酷刑。

整个案子的目击证人，只有一个姑娘。当时也正是这位姑娘向男孩告发他父亲推继母跌落楼梯的实情。之后，这个喜欢着男孩的姑娘和他一起从村子里消失了，确切地说，是陪他一起畏罪潜逃。

当简庄把那个男孩的全家福照给我看的时候，在泛黄的照片上，我看到了两张熟悉的脸。上面的女人，就是岍树曾摆放在书桌上相框里的那个人。

简庄最后说，不久前有一个显示乌落镇当地号码的电话打到了村上的派出所，说在乌落发现了被通缉了整整六年的嫌疑犯行踪。

离开乌落镇的时候，我什么也没带走，只带走了一沓车票——全都是我当年往返A城与乌落镇之间的双份车票。我和岍树之间，除了这些过期的车票以外，原来什么都没有留给彼此，甚至连岍树这个名字都不是真实的。

乌落镇从此再没有岍树这个人，还有与他一起消失的，我的地导，我在乌落镇唯一可以交心的朋友，当然，也是那位匿名的报案者——芷樱。

那通电话迫使她和岍树再度踏上逃亡的漫长路途。

我明白，这其实也是一种占有，即使是在刀刃上行走。🉐

【小锅点评】：爱情，本来就是一种毒，爱得深了浅了，不是伤了自己，就是伤了别人。到最后，注定是一条漫长血路……

用一场月光安葬

● 文／柏颜 ● 图／MOON

【写作感悟】：年少的时候，因为虚荣，或者别人欣赏的目光，喜欢玩暧昧的游戏。喜欢被宠爱，被惦记的感觉。特别是不自信时，需要有那么一些人，给予欣赏的目光，宠爱的关怀。

可是那不是爱。

而当我明白什么是爱的时候，得到的却是不圆满的结局。

写这篇文章的时候，突然联系上一个好久不见的朋友。当初疏离的原因，我已经无从记起。也做过很多的猜测，但都没有得到证实。

然后就突然很想写一个故事，不过最后还是很俗套地揭开了谜底。

小说可以峰回路转，但生活却很难将一切变得明朗。就算真有那么一天，大概也跟故事里的结局一样，失去的，永不再回来。

2010 年的初夏我在苏州，从上个热闹的城市，到这个安静的小镇。

白天，在乌篷船上看白墙黑瓦，像个失语症患者一样心静如水。

夜晚，窗外的灯笼依次亮起，远处还有烟火的喧嚣。随身的 CD 里传来温软而慵懒的女声——我是渔火，你是泡沫。运河上的起落，惹起了烟波。

慢慢地，我就想起了你，想起了那个雪

下得很大的冬季。眼泪，在瞬间滑落。

如果没有你，我宁愿居无定所地过一生。

001 最初的那一眼最缠绵

火车到站的时候，已经是午夜 12 点，为了不吵醒奶奶，我决定先在网吧待一个晚上。点开熟悉的论坛，看见题头硕大的红色字体，才记起今天是论坛的三周年纪念日。

刚一登上 QQ，信息声就此起彼伏地响起来，本想好好看看聊天记录，但这些杀千刀的网友不停刷屏害我拖鼠标差点拖得手抽筋，索性关掉。

安彤发来视频的时候，我正在打瞌睡。她看见我却像看见鬼一样尖叫，思淼，你怎么还在网吧里？

我揉了揉惺忪的睡眼，才想起一个星期前，论坛为庆祝三周年确实要搞一个同城互动的活动，其实说白了就是集体见网友，可惜世事难料……突然间我好像想起什么，问安彤，你们在哪里？等她茫然地报出一个地名后，我就跟打了鸡血似的，冲了过去。

等到了我才发现寂寞的人果然不少，安彤染着满头红发坐在角落里上网，其他人有的在抢爆米花，有的在抢麦克风，那场面怎么看都像是集体抢劫。我悄悄地绕到安彤的后面，准备吓她一跳的时候，就被人认了出来，思淼？

我看着眼前身穿浅紫色上衣的女生愣了一下，听她说出熟悉的 ID 我才想起，她就是那个每个周日都会打包一批照片请我帮忙 PS 的女生。典型的 90 后，外表明媚，内心却布满阴霾，喜欢让我把照片调成灰暗的色调，再加上几段无泪有伤的小字。

我叫林滴旎，这是我男朋友沈彤若。

我微微侧过头，就看见她身后身着黑衬衫，深色牛仔裤的你。KTV 里迷离的光线将你的轮廓勾勒得宛如时尚杂志封面上的男模一样精致。你对着我礼貌地笑，但不知道为什么，我却觉得你笑得高深莫测。

安彤见到我果然是比见到了外星人还要惊讶，我们虽然在论坛上惺惺相惜好久，每周至少在网上视频一次，但正式见面这还是第一次。那天大家都玩得很疯，都说还以为"烈焰红唇"是个老女人，原来只是个小女生。我随口跟他们打着哈哈，视线却一直落在你身上，坦白说你跟林旖旎一点都不像是情侣。你们各玩各的，整个过程中一个甜蜜的小动作都没有，因此我殷勤地倒了一杯饮料递给你，你接过说了句谢谢后就一饮而尽。末了，你饶有意味地晃动着手里的杯子，问我，你不会放了什么迷幻药吧？

没有啊，就是普通的喜力。我有点紧张地看着你，你的脸有一点红，眼睛跟星星一样明亮。

沙发上，你很自然地往前倾了倾，说，那为什么我越看你越觉得很熟悉呢？

这句话跟普通的搭讪没什么区别，可为什么从你的嘴里说出来就特别诚恳，也特别暧昧？我说是吗，那大概是前世吧。然后我们都笑了，四目相接，天雷勾起地火。但是我们谁也没说话，只是意犹未尽地对视。后来安彤喝多了倒在我肩上，而林旖旎也玩累了，催你送她回去。

因为安彤是版主，所以等到把大家都一个个送上车后，我们才勾肩搭背地准备一起回她的家，走到一半却看见你们竟然还在停车场后面吵架。那晚的风很凉，你站在一辆亮眼的宝蓝色摩托后面满脸无谓，风吹乱了你的头发，也吹落了林旖旎的眼泪。最后，你好不容易把倔犟的她拽上车，在夜色中隐去。

安彤的家真大，光是洗手间就比我住的房间还要大。

当我惊叹时，她却不屑地答，再大又有什么用，还不是冷冷清清。原来她父母长期出差在国外，每个月只定期地给她寄生活费，难怪她每天都无人管束，有大把的时间上网。

不如你住到我家来吧，反正房间都是空的。夜里安彤拥着我，冷得像条蛇似的汲取我身上的温暖。

不了，我明天就回奶奶家，还要去办转学手续呢。

什么学校啊？

省实验中学，我刚说完，安彤就笑起来，那你完了，那个教导处的老处女做的第一件事就是把你拉去理发店洗头发的颜色。

怎么，你被拉去过？

嗯，不过她还没把我带到理发店，我就已经跑回了家，并且再也没有出现在她的面前。

沉默了一会儿，她突然提起，思淼，你知道今天晚上有多少个男生跟我要你的号码吗？啧啧，真是让人忌妒。

得了吧，那不过是找你搭讪的另一个比较高明的理由罢了。我紧了紧被子，然后小心翼翼地问，你觉得林旖旎和沈形若配吗？

当然！反正两个都不是什么好东西，他们当初一认识，就飞速地甩了各自的男女朋友。说完，安彤拍了拍我的肩，思淼，你不会看上他了吧？

怎么可能！我心虚地推开她。只听她松了口气，那就好，那个"毒药"你最好是不要惹。否则，自作孽，不可活。

那时，我并不明白她为什么把你说得如此不堪，但那时我也无力深究，因为喧嚣之后，便是忙碌。

002 陌生的城市，我唯一的勇气就是爱情

安彤说得没错，上学的第一天，教导处的老处女就把我从座位上拎了出去，同行的还有一个也是新转来的男生。

远远就看见他穿一件白色的G-Star上衣和李维斯的深色牛仔裤，戴着黑色镶了水钻的鸭舌帽朝我这边走过来。

教导主任显然不满他走路慢吞吞的样子，就上前去拉他的袖口，结果被他躲开了。虽然隔得有点远，但我还是清晰无比地听见他吐出了一个单词，是脏话。

教导主任脸上尴尬的表情就像在高级晚宴上吃了一只苍蝇却又不得不保持优雅一样。我笑得肩膀一抖一抖的，等他们走过来，便默默地跟上去，却听见他不屑地问我，同学，请问你是抽筋了吗？

我收起笑容，抬起头差点撞上他的胸。他很高，

用一场月光安葬

跟电线杆似的。我正要避开，却被他扯住了一截头发！我刚想发飙，就看见他使了一个眼色，然后小声道，难道你舍得刚染的亚麻棕？

哼，是你舍不得你刚烫的刺猬头吧！

说完，我们就心照不宣地笑了笑。等走进最近的一间理发店，我点了最贵的染黑剂，而他也点了天价的离子烫。然后我们都摊手说，身上一分钱都没有。那个发型师方才笑意盈盈的脸便瞬间冷冻成冰，请问那谁买单呢？

我们则默契地将目光移到了教导处主任的身上，她气得瞠目结舌，却又不好意思说什么，只能嘱咐我们先去弄头发，等她回学校拿钱。

她以为自己是孙悟空吗，随便用棒子画个圈，我们就逃不掉了？

可是躲得过初一躲不过十五，我走在街上有点手足无措，他却一副只要是钱能解决的问题就不是问题的表情，对我说，如果不想回去被老处女把你的头发扒光的话，就陪我去个地方吧。

时尚广场二楼拐角，简直比午夜凶铃的现场还恐怖。那里有很多颗发型各异的人头。

当他将其中一个披肩的假发拿到我面前的时候，我的头就摇得跟拨浪鼓似的。

但他已经不由分说地将假发盖到了我的头上，很完美！他笑着揉揉我的头，好像我是他的作品一样。接着，他接了一个电话就匆匆地离开了。

此时离晚自习还有两个小时，我便百无聊赖地走进了网吧，登录熟悉的论坛，刚一上去就看见有关三周年活动的帖子上发满了照片，其中有一张人气很高的照片，上面的一对男女并未有什么亲密的动作，但就是那样并肩站在一起，就已经足够让人惊艳。

那个女生就是论坛宣传图片的模特林旖旎，而那个被称作"毒药"的男生就是你。有人八卦说你是淘宝网上有名的帅哥店主，他们说假如你不卖数码而改卖内衣，生意一定会更加火暴。

才不到一个星期，已经有几千个跟帖，我一页页地翻过去，却翻到一个更加劲爆的消息。有人回帖说，貌合神离你们懂不懂？其实他们早就分手了。

但是无论后面有多少人大惊失色地想要继续打听内幕，那人都没有回应了。当翻完最后一个帖子，我精疲力竭地准备下机的时候，屏幕上却弹出一个来自群里的窗口：心情不好，陪我吃个饭行吗？

你跟我一样都是用真名做网名，我望着那一排九号字体的方块字，就像深藏不露的字符，有种莫名的欢喜从心底一点点溢出来。

学校旁边的香辣蟹真是味美色鲜，我赶到的时候，你已经在靠窗的座位上大快朵颐，丝毫没有心情不好的迹象，我更加肯定那不过是你邀约我的拙劣借口。

你见我半天没动手，便安慰道，没事，大口吃！不够再叫！

其实如果面前是别人的话，我一定会毫不客气地拿起螃蟹就把它五马分尸。但是你不一样。我从没见过哪个男生吃螃蟹都能吃得这么好看，我承认我犯了花痴，才会在你安慰我说你不喜欢装淑女的女生的时候，脱口而出，那你喜欢我吗？

你一定是被我吓坏了吧，所以才会被辣椒油呛得狼狈不堪。

可是我有女朋友了。你好像做错事的小孩，抬起无辜的双眼望着我。

只要锄头挥得好，哪有墙角挖不倒。我自信满满地说出一句网上流行的话语。你笑了一下，眼睛更亮了，这可是我的名言。

顿了顿，你继续说，可是你不怕吗，我是出了名花心的双子座。

说实话，那时的我一点都不害怕，因为花心的极致是痴情得可怕，我想只要给我一个机会，我就能成为你繁花尽头唯一的桃花。

那天我们喝了好几罐啤酒，我双颊发烫，你摸了摸我的脸，然后笑了，好像漫天的繁星都跌进你的眼眸。

003 爱得越深越容易被牺牲

我没想到林旖旎会找到我，她和我约在江滩旁边的咖啡厅。

她问我，喜欢你什么。

我想说喜欢你帅，但那好像显得我很肤浅。我想说喜欢你吃螃蟹时很优雅的样子，但那会显得我很白痴。正在我迟疑时，却听见她说，假如还不是那么喜欢的话，就尽早抽身吧。

十七岁的我，虽然一无所有，但是对爱情我有着异于常人的傲气和坚持。因此我根本没有把林旖旎的话放在心里，在我看来无论她说什么都不过是因为不甘心。

我说，沈形若喜欢我，我也喜欢他，不管未来怎样，至少这一刻我们在一起就够了。请你这个过气的女朋友离我们远一点可以吗？

我转身想走，却听见她轻轻地吐出一句话，然后毫无预告地，我的心，就像被什么东西扎了一下。

她说，你觉得沈形若他真的喜欢你吗？

我望着她的眼睛，许久说不出一句话。

那晚我们两个女生在江滩边坐了很久，她喝了两杯卡布奇诺，我喝了两杯牛奶，但我的表情从头到尾看起来都比她要苦得多。

为了赶末班车，我便匆匆跟她告了别。后来透过车窗的玻璃，我却看见有人来接林旖旎回家。那一刻，我哑然失笑，刚才还在我面前扮演着被抛弃的可怜的角色，下一秒就投入了别人的怀中，而那个背影我怎么看都觉得似曾相识。

直到第二天上午，我才发现那个男生就是上次帮我买假发的"电线杆"。

看见我，他便笑嘻嘻地凑过来，你晚上没有做噩梦吧？

哼，当然没有梦见你。我瞟他一眼，正要去厕所，你在教学楼后面的巷子那边喊我并做手势让我赶紧过去。

我一急，便拜托他随便帮我跟老师撒个谎，然后从后墙翻了过去。

后来，每当我想起那一幕都会感慨，从小就有恐高症、连坐电梯都会头晕的我，竟然一下子爬上那么高的围墙，并且还无半点犹豫地跳了下去，简直是个奇迹。

幸好，你接住了我。我那颗颤抖不已的心在你的怀抱里感觉到从未有过的安定。

究竟什么事，这么急找我？

你看着我，皱着眉头把手机递给我。上面是一条短信，发件人是林旖旎，内容只有一句话：沈形若，你不来，我就死。

我心里惊了一下，就跟着你一起上了出租车。

一路上我还在想，短信里连个地址都没有，你怎么找到她。而你除了一上车说了个地名之后，就不再说一句话，我从未见过你那样的表情，你好像很担心很担心，担心得手指冰凉。我小心翼翼地握住你的手，这时你看向窗外，然后飞快地喊停车！我在付钱的时候，你已经像离弦的箭一样冲了出去。

等我下了车，才看见马路对面的你们，站在江滩边上，她的手死死地抱住你的背，而你的手落在半空中，不知道该推开还是妥协。

我稳了稳心神，然后走过去，轻轻地掰开她的手，然后微笑着说，你没事了吧，要是没事的话，我和形若就先走了。

形若……

林旖旎拉住你的手，然后我看见你的眼睛里分明有迟疑，但很快就被决绝取代。你说，我们当初不是说好了，一场游戏而已，何必这么认真。

你说完这句话，她眼里的泪就越来越多了。但下一秒，她却挤出一个苍白的

微笑，假如只有我死了才能被你铭记一生，沈彤若，我会的。

我感觉到你握着我的手，越来越用力，几乎将我的手骨捏碎。你突然放开我，扬起手，我本能地闭上眼，再睁开的时候，就看见她的脸上多了一道粉红的掌印。

你问她，醒了吗，这一巴掌是代你父母打的。最后你转过身，牵起我的手，对她说，就算你死了，我对你也只有愧疚，没有爱情。

我偷偷地回了一次头，又一行泪从林旖旎的眼中滑落，然后，我就看见里面有什么东西碎了，化作粉末。

十七岁之前，爱情对我来说，只不过是言情小说里写烂的桥段和韩剧里泪如雨下的场景。或者是，我父母为了赌场上的输赢而大打出手的场面。但当你靠在我的肩头哽咽地喊我的名字的时候，我才明白，爱情还有一个名字，就是沈彤若。

004 在冬日陌生的街头狂奔，直到在寒风中晾干了脸上的泪痕

我想我可以假装有些事从不曾被提起，我想我可以假装一切重新开始，幸福快乐会是结局。

安彤看见我的签名时，打电话来沉声问我，是不是跟沈彤若在一起了。

我说是，安彤就啪的一声挂了电话。

沈彤若真的是个很好的男朋友，他会在我生日时给我寄来硕大的包裹，让我从小到大第一次享受到那种被众人羡慕的感觉。他也会在每个我生病的夜里，趁着我奶奶出去打牌的空隙喂我一口热腾腾的汤。

虽然这里是奶奶的家乡，也是我父亲长大的地方，但对我来说，它只是一座我万不得已时暂时当做避风港的城，我根本没有奢求在这里获取任何温暖，直到遇见你，有一种特殊的感情，植入我的心脉。我在许多个夜里梦见你，然后被你宠爱的凝视感动得满脸泪痕。

我以为我们可以就这样走下去，在这个冷得出奇的城市里并肩而立，相互偎依。当你发现我瞒着你在一间二十四小时营业的私人超市里打了一个月的工买了手表送给你时，你心疼地看着我的黑眼圈假装生气地责备我。当我发现，你除了我还跟其他女生有暧昧的时候，我哭了一夜，却还是像往常一样打电话给你说早安。你沉默着，说了第一句对不起。

而我永远不能忘记情人节的那个夜晚，天气冷得我五脏六腑都缩成了小小的一团。那晚我没有马上回家，而是去了你租的房子，和你一起吃周黑鸭，喝啤酒。

也许是音乐台煽情，也许是酒精太迷醉，总之我们有了一个很长的吻。

我在衣衫褪尽的那一刻，抑制住颤抖不已的心，轻轻地，轻轻地闭上了眼睛。而你的吻却突然抽离，并用最快的速度用被子将我包裹，接着你打开窗户，冷风呼呼地吹进来。

我冷得直哆嗦，不知道为什么在那一刻，我就有一种感觉，你要离开我。果然，你表情平静地说，思淼，我们分手吧。

我望着你，挤出一丝疲倦的笑，形若，告诉我你在怕什么？

你没有说话，拿起衣服就走出了房间，接着我听见重重的关门声。

我开始魂不守舍。

教导处的老处女找我谈话，语气比刚见我时缓和了很多。她说，有些事，等你长大了，就会明白那都不值得。她还说，现在的惊艳，完全是因为见的世面太少。我笑笑，原来她也很时尚，还知道网上那些流行的话语。

其实我明白她的意思，还有不到四个月就要高考了，以我模拟考的成绩，假如发挥稳定的话，重点大学也不在话下。可是，十七岁的女生，还不知道前途的意义，还不知道一步踏错，满盘皆输。

那时的我，视爱情如生命。依旧每天放学后都等在你家的门口，直到有一天里面的灯光终于亮起，我欣喜万分地去敲门，看见的却不是你的脸。

"电线杆"？

我茫然地看着他，脸上是遮不住的失望。

我说了一百遍，我叫陆时琛，你是不是谈恋爱谈傻了？

你怎么在这里？我没心情跟他拌嘴，只想知道你的行踪。

这个问题好像该我问你吧？这是我刚租来的，我当然在这里。他笑意盈盈地看着我，要不要进来坐坐？

进去的那一刻，我才猛然发现你是真的从我的生活里消失了。这个曾经我们一起疯过闹过笑过哭过的地方一下子就面目全非了。那天我倒在陆时琛新买的沙发里哭得不能自抑，直到哭累了才沉沉睡去，再醒来的时候，已经是晚上十点。

看不出来你还挺能睡，饿了没？先喝杯牛奶吧，等会带你去吃宵夜。

我推开他手里的牛奶疲惫地摆摆手，我该回家了。

那我送你吧，他给我披上一件外套，我迟疑了一下，没有拒绝。

快到奶奶家时，我正准备把外套脱下来还给他，就听见有人喊我，转头就看见安彤神色匆匆地跑过来，拉着我就跑。

怎么了？

沈彤若在酒吧跟人打起来了，头破了。我怎么说，他都不肯去医院……后面的话我一个字都听不清楚了，我的脑海里只要出现你头破血流的场面心就抽搐般地疼痛。过马路时我命都不要了，直往前冲，那些司机的抱怨声我都听不见了，身后陆时琛和安彤的喊声我也听不见了，我生平第一次跟一个抱孩子的阿姨抢出租车，上了车，心还止不住地颤抖。

然而，等我到了你身边，却看见早有另一个穿着性感而暴露的女生为你包扎伤口。血大概止住了，但白色纱布上的殷红依旧触目惊心，我张开口想喊你的名字，身体却轻轻地倒了下去。

当医生责怪你没有照顾好女朋友，导致我有低血糖的时候，我看见你低头认错的样子像个小孩子。

我疲惫地扬起手，你紧紧地握住，然后我的泪就控制不住地掉下来。我说，求求你，让我留在你身边，让我陪着你，一起淡忘过去，重新开始，好不好？

其实我一直知道的，你爱情的症结在哪里。

那次林旖旎告诉我，现在的你，十九岁，说出来是亮丽明媚的年纪，可是你却有一颗垂垂老去的心。因为这些年，你一直背负着良心的谴责。

在十六岁那年，你年少轻狂，还不懂爱情究竟是什么，却早早地学会了花言巧语，风花雪月，再加上长得不错，全校的女生都对你趋之若鹜。那时，你换了一个又一个的女朋友，并乐此不疲。直到你遇见了时芊芊。她本来是一个有轻微自闭症的女生，但你轻而易举地打开了她的心扉，从此你便成为她阴霾世界里唯一的光明。

但是年少时的承诺就像蝴蝶，看似美好，却会飞走。很快，你便厌倦，开始另一段新的恋情。而时芊芊则在你与另一个女生堂而皇之牵手在校外的游戏厅时，从自己家的楼顶，宛如蝴蝶般飞落。

这件事成为你灵魂深处不能磨灭的阴影。后来你也曾在家人的陪伴下去看心理医生，但你的心却始终不肯再为任何人打开。你的爱情就像《世界奇妙物语》里的美女罐头，每一次都有保鲜期，特别是当你意识到对方开始对你认真的时候，你便转身。

我不说，只是害怕就算用再婉转的方式，也会触及你心底那块血肉模糊的伤口。

但你是双重性格的双子座，你将阴霾埋在心底，而用无谓的脸孔欺骗所有人。

Yong Yi Chang YueGuang AnZang

你慢慢地松开我的手，你问我，思淼，还能重新开始吗？

我点点头，用尽了一生的力气。

离高考还有两个月的时候，学校的课程越来越松，目的是让大家调整好心态，放松心情。于是我就跟着安彤还有你一起去了钱柜。

没听过你唱歌，还真不知道你这样多才多艺。那天安彤喝得有点多，拉着我说了好多话。我才晓得原来她也喜欢你，为了追你，还曾调查过你的过去，然后她就退却了，她怕跟林旖旎一样的结局，哪怕为你去死，也换不来你的爱情。

思淼，我真的很羡慕你。不过我很高兴，我喜欢的女生能跟我喜欢的男生在一起。她抱着我说，干杯！

后来林旖旎也来了，和她一起来的还有陆时琛。据说是她的新男朋友。尽管她看你的眼神里还有不舍，但是我有足够的信心，因此肆无忌惮地跟安彤拼酒，不理会她对你传达的深意。

那天，我到底喝了多少种酒连我自己都不记得了，红的白的黄的，有泡泡的没泡泡的，甜的辣的，醒来的时候，我在你的怀里，你的睫毛很长很长，我用手指滑过你的脸，不知道为什么就有哭泣的冲动。

那夜之后，我回到学校，开始收心备战高考。而陆时琛则在办理出国手续，他不再对我开暧昧的玩笑，也不再笑嘻嘻地跟我讲话。直到高考前的一周，学校正式放假，以便我们去看考场以及调整心情和补充睡眠。

那一整天，我只觉得整个人都不太舒服。直到走出校门口的时候，我才觉得小腹里一阵坠胀的疼痛感，接着我就听见周围传来一阵惊呼。

疼痛瞬间袭击了我的心脏，视线变得一片模糊，只感觉自己被人拦腰抱起，送到医院的时候，我才知道自己失去了什么。

从被推出手术室，再到在病床上醒来的前一秒，我一直在做一个梦，梦见你满眼泪水跪在我面前，忏悔。

然而我睁开眼睛，看见的却是陆时琛红红的眼睛。

他说，思淼，你等着，我去找他！

我想阻拦，却心有余而力不足。我飞快地灌了一杯红糖水，就去电话亭疯狂地打你的手机，但都打不通。直到安彤告诉我，你可能在游戏室，我才坐车赶去。

我赶到的时候，你已经跟陆时琛打成了一团，二楼的游戏室里有个极隐秘的小房间，里面放的都是赌博机。那些人怕你们把事情闹大，就找了几个人把你们拉扯开。结果你们出来继续打，你们两个眼睛都红了，我看见两双眼睛里都有恨不得置对方于死地的意思，立刻就慌了。还好安彤及时赶来，我们一人拉开一个，才结束你们之间的战争。

后来，陆时琛扬长而去。当我告诉你，我出事的时候，你却冰冷地说了一句，女生就是麻烦。

我不敢相信自己的耳朵，全身颤抖着差点倒了下去，心像被人狠狠插进了一把刀一样疼。

晚上我睡在安彤的家里，一直在发高烧，迷迷糊糊地喊你的名字，安彤买了鸡汤一口一口地喂我，她的眼泪，一滴滴落在我的颈项上。

等我恢复一半，拖着疲惫的身体去参加高考，也是安彤在为我准备这一切。

考完最后一科，出来的时候，我握着安彤递来的鲜橙汁蹲在地上放声大哭。烈日炎炎下，我从未感觉到这样的寒冷，这样的绝望，十七岁的末尾，我爱错了一个男生，丢失了一个女生最重要的东西。我的亲人沉迷赌博，视亲情如草芥。我一个人来到这个陌生冰冷的城市，以为是暂时避风的港，却原来是水深火热的深渊。

安彤抱着我，汗水和泪水混合在一起，我在志愿表上填了更遥远的城市。

临走的那一天，我等了很久很久，你都没有来送我。后来我上了火车，一路北上，我拿着安彤送的手机，很想拨一通电话给你，却在按下最后一个键时，收到你的短信，看见对不起三个字，我便泪如雨下。然后你说，原谅你是花心的双子座，而我是决绝的天蝎座。所以你不敢承诺一生，更失去了爱一个人的能力。

我关了机，在车上的十八个小时，我就哭了整整十八个小时。

我想，那大概是我半生的眼泪。

006 我不到爱的人，宁可居无定所地过一生

很久以后，我都没有再去间接与你相识的论坛。直到有一天夜里，室友对着电脑毫无预兆地哭得满面泪水，我们大家安慰她时，才发现那个论坛的火暴热帖。

起初我还笑室友，真是泪腺发达。可是当我一个字一个字地看完，才发现，

里面那个化名 M 的女生跟我这样相似。但唯一不同的是，自称"我"的发帖人也就是陆时琛，竟然是时芊芊的哥哥。原来时芊芊出事的时候他在国外，他是听说了这件事才执意办手续回国的，目的就是为了找到那个抛弃他妹妹的男生。

难怪他会趁虚而入追林旖旎，也难怪他会在发现我跟你在一起时，跟我说暧昧的话，开暧昧的玩笑。而你早就知道他就是时芊芊的哥哥对不对？你心中有愧，因此就连你知道那晚醉酒后跟我发生关系的人是他，也没有指认。你一个人默默地承担下来，默默地疏离，你宁愿让我恨你，也不愿让我爱你。

帖子的最后，楼主说假如所有的事情还可以重来，他宁愿放弃仇恨，而不是因此错失所爱。他说这两年来，每当他想到那个叫 M 的女生满身是血地躺在他怀里，他就心疼如绞。

他说假如 M 还能看见这个帖子的话，他很想跟她说一声对不起，他也很想跟她说一声，我爱你。尽管，这样的爱，让所有人都看不起。

什么狗血剧情啊，简直是浪费时间。

我看完后默默地吐出一句，然后就在她们伤感的注视中走出了寝室。

我把自己关在厕所的格子间里，哭到全身颤抖，好像所有的骨头都错了位，所有的血液都在肆意翻滚，我环抱着自己蹲下身去，给安彤打电话，却什么也不说。

她听出我在哭，轻轻地叹了一口气，她说，思淼，你还是看见了陆时琛发的那个帖子了。他一直问我你的号码和地址，我都咬紧牙关没有给他。其实，还有些事情，我想如今也该让你知道了。

其实你进手术室的时候，沈形若就在外面等着，他紧张得都快把手指掰断了。可是当你醒来时，他却飞快地跑去了赌博场，目的就是为了配合陆时琛演那场戏。

他后来告诉我，陆时琛说假如他真的对芊芊还有一丝愧疚，就扛下这一切，并且离开你。但是他放不下啊，思淼，我看得出来，沈形若真的很爱你。

说到这里的时候，安彤在那头哭得嗓子都哑了，她说，鸡汤是他跑了几条街买的，当时凌晨两点多呢。还有你走的时候，他就躲在站台的小黑板后面，火车开了，他才跑出来追了好久好久。

他现在在哪里？我哽咽着问。那边的安彤却叹息着说，不知道，我最后一次见到他，是在你们曾经吃香辣蟹的地方，他说你那个时候真傻，两只眼睛看着他，跟花痴一样……

听说你曾在淘宝卖数码产品，于是每天我就搜数码店，然后在旺旺里问每一个店主，请问你是不是沈形若？

问着问着我就哭了。

我开始搜索"毒药"这个ID，遇见了就注册号码发字条，问你是沈形若吗？

两年，很快就过去。

我知道重新开始的希望微乎其微，但你是一生只有真爱的双子，我是痴心而决绝的天蝎，在我们动荡不安的青春里，都有一个很深很深的印迹，也许许多年后我看过似锦繁花，终究会找个人平凡安定地度过一生，但是在我的青春还未逝去之前，我还是会努力地去寻找。

繁花尽头，我不知道会不会有你，但有些心动，一生只此一次。等到我的心静了，你的头发白了，我就在心中埋一座坟，安葬你我的青春。

我会在山川草原沙漠上狂奔，直到时光的手擦去我脑海里的你。

Yong Yi Chang　YueGuang AnZang

❤【小锅点评】：❤❤

如果不想被伤害就不要去爱，没有爱就没有痛，沈形若是这么想的，也是这么做的，可是他却丢了自己的幸福，所谓幸福，就是千万不要错过眼前的这个人！

情书

三行

もし天国で仆を見つけても
如果你在天堂遇见我
どうか知らんぷりでいて欲しい
请装作不认识我的样子

"……"

● 文 ／7998
● 图 ／ 文子

【写作感悟】：某天我和朋友在聊天，朋友说他爸爸结婚的时候，刚参军回来，没有什么钱，但是岳母说要300块钱的彩礼。

我实在不知道300块钱彩礼是一个什么样的概念，大概就是一条 2G 的内存条。而朋友的父亲只能凑得出来 200 块，后来又向亲戚借了 50 块，再向岳母说先欠她 50 块，以后会还。然后终于能将朋友的妈妈娶回了家。

没有 20 辆悍马开路，也没有封路闯红灯，朋友的父亲向人借了一辆"比较新"的单车，扎了一朵红花，载着女朋友回家了。

没有任何嫁妆，也没有钻戒。

朋友的妈妈收到的唯一的结婚礼物是一封情书。她不识字，也不知道上面写的是什么，但那确实是一封情书。朋友说到这里的时候哭了，他说他女朋友问他要车，要房子，还不能有贷款。

我叔叔的小儿子 17 岁，也有女朋友，我问他是怎么泡上那女孩的，他说街机室里遇到的啊。

我问他写过情书没，他说没。

我想现在的爱情观跟以前的已经不同了吧，与时俱进了。只是突然，我有点怀念情书这种东西而已。

曹边年遇到邵牧成的时候，邵牧成正在做一件……一件让曹边年不知道怎么形容的事。

曹边年走过操场的时候，看到邵牧成正追着一个女同学，边追边喊："能不能让我看看你写给别人的，或是别人写给你的情书？"

众所周知，情书是很私人的东西。曹边年觉得邵牧成这样的行为和对女同学说"能不能让我看一下你的内裤"没什么太大的区别。

果然邵牧成碰了壁，忍无可忍的女同学甩了他一巴掌。

但是邵牧成并没有退缩，重新追上去对那个女同学说了些什么，然后女同学就在他的本子上写写画画的。

邵牧成说了句谢谢，又转向了另一个目标。他就这样一直重复着，曹边年看着他的脸慢慢地就肿起来了半边。

邵牧成到处要看别人的情书，如果遇到拒绝，他就会要求对方："那能不能在我的本子上写点祝福？我要给我女朋友看的，她明天生日。"第一个请求通常是被拒绝的，甚至会挨巴掌。但是答应邵牧成写祝福的同学也不少，曹边年看到那个本子都写了一半了，前面那几页满满的都是祝福。

邵牧成是个男生，曹边年也是个男生。虽然两人读同一所高中，但是并没有什么交集。正常情况下，曹边年也不会去注意一个男生在做什么，可邵牧成现在算是他的情敌。

当然曹边年现在对邵牧成倒没什么敌意，只是觉得他很可悲。

邵牧成身高大概只有一米六左右，长得一般般，瘦得像只猴子，家里条件也不怎么样。他能跟曹边年成为情敌，确实是一件不可思议的事情，只能说曹边年放水了。

曹边年知道邵牧成为谁收集祝福，是为了安蓝图。安蓝图是曹边年的前女友，如果换成了别人这样做，曹边年二话不说绝对会揍对方一顿，他就是这种脾气的家伙。但是邵牧成……他那小体格真的让一米八七的曹边年下不了手。

"喂。"就在邵牧成满头大汗地奔向下一个目标的时候，曹边年叫住了他。

"值得吗？"曹边年问。

邵牧成愣了一下，明显没反应过来，曹边年转身就走。

"值得啊。"邵牧成在后面对着曹边年说，"希望你也找到你爱的人。"

曹边年夹着腋下的书本，狠狠地对着操场的沙地吐了一口口水，他讨厌装情圣的家伙。

对于爱情，曹边年并不是一个迂腐的家伙，甚至就在身边的男同学都鄙视偶像剧的时候，曹边年对偶像剧也不是很排斥。曹边年长得很帅，刀削般的轮廓带着女生们喜欢的英气，身材好，运动也好，家境也还过得去。虽然读书很烂，但是曹边年也乐得自在，泡泡妞，打打球。反正他以后准备考体校，立志去 NBA 球坛。但这些并不是曹边年能招蜂引蝶，流连淑女群烈女群萝莉群御姐群为每人动几秒心的主要原因。

那些排斥偶像剧的朋友，曹边年总会这样规劝他们："女人喜欢偶像剧是好事，这样她们才会听一些甜言蜜语就和你私定终身。男人也应该喜欢偶像剧，记几句台词，总比自己想破脑袋好。"

是的，牙尖嘴利能说会道才是曹边年泡妞的无上杀手铜。而听从他劝告的那些朋友，泡妞成功指数也如同这座城市的建筑物，一路飙升。

曹边年觉得邵牧成可悲是有原因的，因为他知道，安蓝图并不是一个很值得去"爱"的女生。所以他唾弃邵牧成所谓的"爱"。

安蓝图长得很漂亮，是那种带有妩媚的漂亮，这在高中生里并不常见。以前曹边年认为女生只要漂亮就行了，直到遇见安蓝图，曹边年才发现自己以前的肤浅。安蓝图令他认识到，身材也是很重要的。

安蓝图极度漂亮，巴掌脸、大眼睛而且身材玲珑有致。但最要命的是安蓝图出生在一个暴发户的家里，所以安蓝图也生就了一副暴发户的脾气。

而邵牧成那家伙，居然想在安蓝图身上用上所谓的"真爱"，曹边年想到他那恶心的话语就想吐。

"都什么年代了，真是的。"这才是曹边年最心底里的话。

曹边年认识安蓝图是在一个 Party 中，当时安蓝图正在和一个女生吵架。

那个女生学识渊博，古今中外的粗话无所不知，而且语速快到极点，令所有在场的人都自愧弗如。她还抓住安蓝图暴发户的身份，大加打击，安蓝图连还嘴之力都没有。

然后曹边年挺身而出，对那个女生说："小姐的胡须长得如此鲜明，想必是位大家闺秀。"

那个女生迅速地捂住了自己的下巴，退到阴暗的地方，镇定下来后，她才无力地回了句："你装什么古人呢！我跟你有代沟！"

曹边年笑了笑，回答道："有代沟没关系，我还能接受。但是如果有代沟又没有乳沟，那我们就真的很难交流了。"

所有人都笑了起来，那个女生掩面泪奔而去。

安蓝图凑过来对曹边年说："你真厉害。"

"应该的。"曹边年说，"为美女服务，谁叫她长得那么丑呢。"

然后两人眉来眼去，干柴烈火，便成了男女朋友了。

对于安蓝图的一切，曹边年还记得很清楚，这个女生你根本不能奢望她知道爱是怎么一回事。

所以曹边年觉得好学生邵牧成，就像是一只扑火的蛾，而且他还根本不知道自己的处境。传说中痴心的眼泪会倾城，但曹边年知道，邵牧成最后只会花光力气，令浮华盛世做他和安蓝图的分手布景。

奇怪的是曹边年已经跟安蓝图分手了，也知道自己并不爱她，但看到她和别的男生走在一起，还是会气愤。

在任何人看来，曹边年和安蓝图分手是一件正常的事。曹边年虽然经常找别人麻烦，但他是个怕麻烦的家伙，而安蓝图又确实是一个很麻烦的女人。

他们谈恋爱的第一天，曹边年在上课时就接到了安蓝图的一个电话。她在电话里什么都没说，就只是哭。曹边年预感有什么不好的事发生，理也不理老师便赶去了安蓝图的教室。

到安蓝图的教室时，曹边年看到安蓝图扁着嘴巴，一边哭一边拿着王老吉对他说："我打不开！"

安蓝图班上的同学都神情古怪地看着曹边年，而他看了安蓝图一眼，帮她开了易拉罐就走了。

安蓝图便甜甜地笑着说："谢谢。"

是的，安蓝图和所有虚荣的女生一样，她喜欢向任何人展示她的优越感。但遗憾的是那犹如暴发户般的品味，令她所做的事多少令人觉得有点恶心。

王老吉事件是曹边年对她的第一次忍让，也是最后一次。

以后两人基本上一天一小吵三天一大吵，日日濒临于分手的边缘，只是似断未断。

而邵牧成居然认为安蓝图这样的女人是他的真爱，想想都令曹边年觉得可笑。

促使曹边年和安蓝图分手的，是一封情书。其实曹边年并不想和安蓝图分手，他们的交往还没超过一个月，曹边年的猎奇心还未退去。

但是那天学校的影视厅不慎播放了《花样年华》，而后曹边年收到了一纸情书。情书是一个叫尹泊紫的女生写的，她虽然没有安蓝图般火暴的身材，但当时王家卫的电影令曹边年懂得了爱情还需要另外的东西———一个女生的一切并不是由外貌和身材决定的，还有内在。

尹泊紫的情书写得异常打动人心，薄雾浓云愁永昼，帘卷西风，人比黄花瘦。

其实曹边年对安蓝图觉得厌倦了，看着那封信的时候，他第一次有了想找一个安稳的地方的感觉。

于是他跟安蓝图分手了。

曹边年一直觉得，安蓝图和他差不多，他们应该都不相信所谓的爱情，只是不想让自己那么寂寞罢了。曹边年跟安蓝图说分手的时候，安蓝图一直微笑着，但是笑着笑着，最后哭了。她哭着对曹边年说："你会后悔的。"

"我不会的。"曹边年看着她回答。

而安蓝图无比肯定，她说："你会的。"

那天晚上，曹边年失眠了，一闭上眼睛所看到的全都是安蓝图的样子。她的嘻笑怒骂，她的好与不好。

但就算现在，曹边年也不敢肯定，他与安蓝图之间是什么情感，他们之间有着什么。但是坦白说，他有点喜欢这样的感觉，因为这能令他感受到年轻的迷茫。

或许只有在这个时候，他才会觉得自己像是一个高中的少年。

曹边年的爸爸守旧而迂腐，父子俩的关系一直不大好。但是曹边年曾潜入父亲的房中，偷偷地翻父亲以前的课本。那时候的课本教的东西简单得多，几十年来时代的进步有目共睹，现在的孩子所学习的东西，所接触的东西，比以前先进得多，也丰富得多。

但曹边年觉得自己像一只饕餮，吞食得越多，得到的却越少，甚至越来越空虚。

或许真的，只有在为青涩的爱情迷茫的时候，才会让少年有真正存在的感觉。

もし天国で仆を見つけても
如果你在天堂遇见我
どうか知らんぷりでいて欲しい
请装作不认识我的样子

但不论怎么样，曹边年选择了跟尹泊紫在一起，而安蓝图迅速地找到了邵牧成。

第一次见到安蓝图和邵牧成在一起的时候，是在食堂。安蓝图坐在那里，张大嘴，而邵牧成正坐在她旁边，一口一口地喂着。

曹边年拿着饭盒，大大咧咧地坐了过去，满是鄙夷地对安蓝图说："喂，收敛点吧，这里不是你们的后花园，没看到别人都吃不下了啊？"

安蓝图却不示弱，她伸长脖子反问："怎么，你忌妒了？"

"忌妒你？我不如忌妒凤姐！"曹边年说得无比肯定，就连他身边的尹泊紫也忍不住掩嘴笑了起来。

倒是邵牧成出来打圆场，他笑着说："曹哥多包涵一下，以后你喂，我们也默认。"

曹边年看也没看他，只是对安蓝图说："你这男朋友真没骨气。"

"要你管！"安蓝图大声说着，然后和邵牧成走了。

尹泊紫在曹边年的身边坐了下来，而曹边年只是看着安蓝图的背影在想着什么。

或许谁都认为曹边年打了一个胜战，但只有他自己知道，他现在甚至有点怀念安蓝图了。

曹边年和尹泊紫开始恋爱之后，他甚至颠覆了自己的人生观，开始怀疑男生的宿命是不是就是让女生折磨的。尹泊紫和安蓝图都希望男生为她们付出一切，但安蓝图会直说要求你付出什么，而尹泊紫不会。尹泊紫最大的优点，或是缺点，就是她从不吵闹。而一旦曹边年所做的事不如她意，她便凄风惨月，暗自垂泪，冷冷清清，凄凄惨惨戚戚，直思项羽不肯过江东。

几天下来，曹边年濒临崩溃的边缘。

分手后的情侣，最好的方式当然是不要以后形同路人，避免尴尬。奇怪的是分手后的安蓝图和曹边年，却似不在意那份尴尬。

前几天晚上，曹边年还去了安蓝图的家里，而那时安蓝图正在和邵牧成聊 QQ。

"你有人给你写情书，我也有，而且写得比你的好，我还能让他现在就写。"安蓝图炫耀般地说。

曹边年当然知道邵牧成是个标准的好学生，稳坐全校第一，但他觉得，写情书这种东西是要靠天赋的。比如说尹泊紫那种女生，成绩就绝对天赋异禀得一塌糊涂。

"那你让他写。"曹边年说。

然后邵牧成发了第一句过来："如果你在天堂遇见我。"

曹边年便马上笑了起来："这开头多俗啊！"

安蓝图也觉得脸上挂不住，回了句："你要死了吗？什么天堂！"

"没有啊……"邵牧成有点反应不过来。

"接着写！"

"请装作不认识我的样子……"

"滚！"安蓝图直接发脾气了，曹边年笑得几乎撒手人寰。

"不要这样嘛，我一定给你写一封全世界最好的情书！"邵牧成刚发过来这一句话，安蓝图却关了QQ，生着闷气。

曹边年看着她的样子，感觉似乎又回到了两人初次见面时，安蓝图吵不过某个女生的样子。然后他伸出手，轻轻地抚了她的长发。

安蓝图的身子似乎紧张地缩了一下，却没有说什么，也没再动。

他们就这样，停了下来。

和那个时候不同的是，曹边年现在知道世上没有完美的东西，更不可能有完美的女人，只有合适和不合适。

而他更知道，其实邵牧成只是一个傻子而已，安蓝图从未将他放入眼里。或者说，邵牧成只是安蓝图用来激他的一个工具。

所以看着邵牧成到处追着别人要看他们的情书时，曹边年感觉到更多的是悲哀。

邵牧成太傻，他跟曹边年和安蓝图是不同的人。邵牧成就像他的人生一样，他会读好书，考个好大学，找份好工作，娶个老婆，安安稳稳地过完他的一生。他只能这样，只会这样，一点也不懂得变通，就像他那所谓的爱情一样死板。

4

在安蓝图生日的前一天晚上，曹边年向尹泊紫宣布分手，然后他几乎是用逃的速度离开的。并且他发誓，以后再也不会招惹那些所谓的"才女"。他受不了，也相信没有任何一个男生受得了。

然后曹边年去参加了安蓝图的生日晚会。

最后快散场的时候，曹边年看见邵牧成送了安蓝图生日礼物，那是一个小本子，小本子上写满了他为安蓝图收集而来的各种祝福。

然后邵牧成看着安蓝图的眼睛，他的双眼发光，或许他觉得安蓝图会很满意他的礼物。

曹边年看了他一眼，然后说："我也喜欢安蓝图。"

安蓝图突然抬起了头，看着曹边年。但是曹边年继续对邵牧成说："其实你可以认为我们是情敌，但是你只有1%的胜算。"

邵牧成的脸色变得不是很好看，他对曹边年说："你也将自己看得太高了吧？"

曹边年没有再说什么，他只是用行动证明了一切。他突然伸手将安蓝图拉到了自己的身边，然后他对着她的嘴唇，狠狠地吻了下去。

安蓝图根本连一丝挣扎都欠奉。

这一吻大概延续了一分钟之久。

然后他被推开。

并不是安蓝图曹边年愿意放开，而是邵牧成冲过来推开了他俩。

"你想打架吗？"曹边年攥着拳头，紧皱眉头，他觉得他对邵牧成的容忍大概到了极限。

而邵牧成只是看着安蓝图，双眼发红，仿若疯癫。

他只是在等安蓝图的一句回复而已，而安蓝图也很快回答了他："我喜欢边年。"

她这样说，根本连一点回转的余地都没有。

邵牧成紧闭着双眼，咬着下唇，紧握双手。其实他悲愤的神情，从他那瘦弱矮小的身形上看起来无比可笑，但是曹边年知道他在强忍悲伤。

而最后，邵牧成还是跌坐在了地板上。

安蓝图将那本写满了祝福的小本子，放在了他的身边。

这就是安蓝图的缺点，也是她的优点，她总是这样，直接，决然。

曹边年看着邵牧成说："你是不是还爱着蓝图？"

邵牧成看着他，没有回答。

"你还有1%的机会，"曹边年说，"如果你真的能写出那封世界上最好的情书的话。"

"我会的。"邵牧成说着站了起来，拿着他的本子走了。只是和他的话语不同，他的身上，没有了任何坚定的东西。

曹边年还记得邵牧成的情书："如果你在天堂遇见我，请装作不认识我的样子。"

没有人知道，要如何将这两句话继续下去，才是世界上最好的情书。

邵牧成走后，安蓝图发起了脾气，她对着曹边年咆哮："你这是什么意思！"

曹边年却一把将她搂进了怀里，他说："傻瓜，如果你不爱他，那么就算他写得出世界上最好的情书，也比不上我随意的一句话。我只是同情他而已，可能他是真的爱你，或许我也尊重他，但他是和我们不同的人，他的生命接受不了太大的挫折跟意外，就像我爸，一次生意的失败就将他打趴下了……反正他写不出来，而他对你的爱，会随着时间慢慢地淡去，慢慢地，就会消失不见了。"

安蓝图没有再说话。

但是她知道自己认识了曹边年的另一面，这个男生，虽然粗鲁暴躁野蛮，但也有善良的一面。

送安蓝图回去之后，曹边年一个人走在回家的路上。

然后邵牧成突然出现。

"你一直跟着我们？"曹边年皱起了眉头，事实上他的忍耐极其有限，而对邵牧成，他已经做得足够好了。他并不怕邵牧成，就算对方带上武器在路上截下他，他也不怕。

意外的是邵牧成突然跪了下来。

他就在大马路上，扑通一声跪了下来，他的眼中流着泪水，他对曹边年说："能不能将安蓝图让给我？就当是可怜我，你不可能找不到别的女朋友，可是我……"

もし天国で仆を見つけても
如果你在天堂遇见我
どうか知らんぷりでいて欲しい
请装作不认识我的样子

"你打算让我可怜你吗？"曹边年打断了他的话。

邵牧成愣了一下，怎么说他也是一个十几岁的少年，可怜这样的字眼，他对之有天生的排斥感。但接下来他点了点头，说："如果你愿意将安蓝图让给我。"

"你相信爱吗？"曹边年问。

"相信。"邵牧成无比坚定地说。

"那就不要让我鄙视你。你觉得，我可能将我最爱的人让给你吗？"

于是邵牧成不说话了。在这个沉寂得如同死一般的夜里，他没能带着公主回到黄金堡垒，他像一个流浪的过路男子，最多只能像狗一般，用失败者的姿态，在路边喝得烂醉。

5

这个世界上很多东西是可以预知的，比如说天气，比如说邵牧成在许久之后仍未写出那世界上最好的情书。他的情书仍只有两句，"如果你在天堂遇见我，请装作不认识我的样子"，然后他对安蓝图的爱会被时间冲淡，然后他与别的女生相恋，有了自己的事业，结婚生子。

那时邵牧成再回想起曹边年跟安蓝图，大概会嘲笑自己年少无知。

而不能预测的是人的命运。

对安蓝图来说，曹边年的回归是她最快乐的事情。她不知道为什么这个少年占据了她心里的全部，就像曹边年不知道为什么安蓝图会令他魂牵梦绕一样。他们身上都存在着太多的缺点，却又好得如此奇妙。

唯一的解释就是合适。

安蓝图和曹边年依然有吵架，但频率比以前低，两人也再没动摇到内心的坚定。

安蓝图在一次出去旅游的时候出了车祸，她并没有在车祸中丧生，但是失血过多，加之没有及时治疗引发了急性肾衰竭。

曹边年根本无法形容自己的心情。如果可以，他甚至希望自己替代安蓝图承受这些。他赶到医院的时候，安蓝图正在向她的父母要镜子，但是没有人愿意给她镜子。

是的，她全身浮肿，脸色发青，就连头发都因为治疗而被剃掉了。

只需一眼，曹边年的眼泪便从眼角急速地滚了出来。

他还记得，曾经他最喜欢轻抚安蓝图的头发，他还记得，他曾以为那些青丝要用他的余生来量度。

但现在是什么样的景象啊……

看着曹边年的表情，安蓝图哭了，她问："我是不是变得很丑？"

安蓝图的家人看着曹边年，曹边年擦干了眼泪，走到了安蓝图的床边，抓着她的手说："没有，我只是看到你还活着，便感动了。你知道的，以后的路，还要我们一起走下去。"

"谢谢你！"安蓝图说着，捂着嘴，哭了。

接下来的日子里，曹边年几乎每天都来医院里看她。

安蓝图的病情一天比一天糟糕，那个曾经青春美丽、身形姣好的她已经不见了，取而代之的是一个丑陋无比的女人。曹边年觉得很奇怪，为什么自己这样无怨无悔，明明自己之前喜欢上的是她的样貌和身材。

可是，或许无法解释的，才是爱。

安蓝图再也没有了以前的脾气，她开始变得温柔，千依百顺。或许她没有更多的力气来发脾气了。

她需要换肾，这才是最重要的。最好的肾源当然是她的亲人，但遗憾的是安蓝图父母的肾并不适合她，而医院无任何肾源。这样的情况就算有再多的钱也无济于事。

安蓝图不知道还可以活多久，几个月，几年，几十年，都有可能。

但她几乎每日都要受到病魔的折磨。

邵牧成也知道了安蓝图的事，他也赶了过来。

而曹边年永远也忘不了那天。

邵牧成问他说："你爱蓝图吗？"

曹边年根本不屑回答，如果他不爱，他根本不会在这里。

"那好吧，我们将肾给她。"邵牧成笑着对他说。

"你疯了。"曹边年转头就走。

"你不敢？"邵牧成在身后问道。

当医生听说曹边年和邵牧成想要捐肾的时候，也有点惊讶。

但两人谁也不肯认输，执意如此。

其实在检验的时候，曹边年心里有点忐忑不安，他多少知道缺少一个肾的影响。

是的，他爱安蓝图，他已经证实了自己的心。但不可否认的是，当他听到医生说他的肾并不合适的时候，他松了一口气。

"这次是我赢了。"邵牧成被确认肾源合格时这样说，曹边年觉得邵牧成这时的神情有点像一个疯子，就连邵牧成的爸爸，都用古怪的眼神看着儿子，虽然他没有说什么。

安蓝图的手术进行得很顺利，而邵牧成在手术后就像消失了一样，再也没有出现过。

曹边年每天和安蓝图在一起，安蓝图恢复得很好，她又成了一个美丽大方的少女。唯一没有恢复的就是她的脾气。她变得温柔，顺从。但曹边年觉得自己越来越暴躁，他承认，是邵牧成的原因，他确定在那天，邵牧成赢了他。

所以，虽然现在曹边年和安蓝图在一起，他却觉得，是不是有一些对不起她。

可是他又不愿意放手。

就算他知道邵牧成喜欢安蓝图，知道邵牧成付出了那么多，他还是不愿意放手。

曹边年甚至开始后悔，那个肾，为什么不是他的。

而曹边年没有想到的是，安蓝图出院之后，提出了和他分手。

7

"为什么？"曹边年问道。

"因为他赢了，用了1%的胜率，赢了。"

曹边年当然知道"他"是指谁，可是他觉得很不服气。他一点都不服气！曹边年只是在那天，有了一丝丝的迟疑而已。而且整件事情也并不是他的错，而现在，安蓝图居然说邵牧成赢了？！

安蓝图拿出了一封信，递给了曹边年，她说："这是他的情书，或许也可以说是遗书。"

情书？遗书？

"他去世了。"安蓝图说着，突然忍不住哭了起来，"他在手术的当天就去世了，他患有先天性的QT延长综合症，就算没有动手术，他也活不过三十岁，甚至可能会更早死亡。但是他将他的生命，全都给了我。而且他还给了我一封世界上最好的情书。他打动了我！"

曹边年看着安蓝图，他的喉结上下滑动，他有点想说话，但是不知道说什么好。

确实，他想起了那天，邵牧成和他的父亲那怪异的表情。

然后曹边年打开了那封情书。

情书只有三行字，前面是曹边年熟悉的。

如果你在天堂遇见我
请装作不认识我的样子
因为下一次，也想由我给你写情书，也想由我先开口说，我爱你

就连曹边年也不得不承认，这确实是世界上最好的情书。

他将信还给了安蓝图，然后转身走了。

他不知道该说些什么好。

或许在故事的最初，在那年的开始，我们只是想谈一场甜美的恋爱，如同梦游仙境般快乐。但在最后，我们却遭遇了世界上最大的不测。❻

【小狮点评】

爱情有时并不伟大，很多时候为了一己私欲，却打着爱情的名号。故事中的曹边年并不见得有多爱安蓝图，他只是不想输给那个平凡得不行的邵牧成，在这场爱情中，曹边年一直是遥遥领先的，可是在最后，他败给了邵牧成用生命换来的情书！

晨光搁浅（一）

文／那嫣

图／暴暴蓝

【内容简介】：简浅是一个任性单纯的女孩，初三时喜欢上了家教宗晨，他们彼此喜欢却遭遇了诸多波折。宗晨因为初恋女友张筱的自杀，怨恨简浅，毅然选择离开。七年后宗晨意外与简浅碰面，他无情地拒绝仍深爱着自己的简浅。彻底失望的简浅与宗晨的"情敌"卫衡走到一起，却发现卫衡很多年前就认识自己，与宗晨的关系也不同寻常，甚至还知道了张筱死亡的真相……当宗晨知道一切真相后，简浅却选择了逃离，独自面对死亡的黑夜。他们将找回搁浅七年的幸福，还是永失那一缕晨光？

第一回 迷失森林

我曾无数次梦见那片笼罩着潮湿、迷蒙的雾气的森林，梦见年少时的简浅，飞蛾扑火似的在丛林中奔跑着，不顾一切地朝前面的少年追去。

【楔子】

　　我依旧迷失在那片森林里。

　　我曾无数次梦见那片笼罩着潮湿、迷蒙的雾气的森林，梦见年少时的简浅，飞蛾扑火似的在丛林里奔跑着，不顾一切地朝前面的少年追去，可他却越走越快，越走越疾，很快便融入浓雾中，消失不见了。没有一次他停下脚步，回了头。

　　那是已经消失却一直存在的，关于我和宗晨的过去。称之为过去，便从未想过会有未来，虽然有时也会问自己，若再见面，会是怎样的光景，要如何措词，如何问出那一句"你过得好不好"。

　　可我从未想过，再次相逢竟然会如此狼狈。

　　此时此刻，望着眼前这个男人，我甚至紧张到忘记了呼吸，手心是汗，脊梁阵阵发冷，周围的空气一下子稀薄了上百倍，仿佛陷入定格的瞬间——我不得不承认，即使过了这么多年，在他面前，我仍旧是那个没出息的，简浅。

　　如果时间可以倒流一刻钟，你会看见一个茫然无措的我，穿着呆板无趣的套装，盘着故作成熟的发髻，傻子似的站在烈日晴空下，而那只伸在半空却一直没得到回应的手，还有对面的男人微露的嘲讽笑意，会让你觉得，这一幕有趣极了。

　　尤其是，当你恰巧知道我们的过去，也许会发自内心地说一句，风水轮流转，简浅你竟然也会有今天。是的，连我自己都会问，那个曾在他面前嚣张得不可一世的人，究竟去哪里了。

【1】

　　仿佛过了半个世纪，我终于听见自己微微发颤的声音："你——好，宗先生。"

　　他的神色微微收了收，还是没有说话。晴空万里，蝉声起伏，在我们之间蔓延着的，只有沉默。

　　这是一场实力悬殊，并不公平的对峙，他的情绪隐藏在太阳镜片后，毫无顾忌，而我完全曝光，呆滞尴尬，不知所措，甚至惊慌。我不愿意，让他看见这样的我，更不愿意，是在这种情况下。

　　明明是那么热的天，我却只感受到骤起的冷意，身体僵硬得成了冰棍，而他，便是那灼人的热，缓缓地烧上来，毫不留情地将我连骨带皮吞下。

　　他终于摘下眼镜，不动声色地说："好久不见，简浅。"于是那沉寂许久，从未消失过的眉眼，从记忆深处再度浮现，那样真实，真实到让人心悸。我的第一个念头竟然是退缩与逃避。

宗晨有着极为深邃的眼窝与高隆的眉骨，那也是他身上最迷人的部分，曾霸占着我所有的迷恋。他的下颌坚毅，线条利索，轮廓鲜明，样貌并未有过多的变化，可到底是不一样了。高了不少，也结实了不少，看起来，比离开那会儿健康多了。而变化最多的，是他那份距离感，生冷而沉稳的气质，疏离冷然的眼神，这些都意味着，他早已不是那个能为我收拾一切烂摊子的少年了。

我也想说，好久不见，还想说，你好吗？你终于肯回来了？许多许多的话，可说出口的却是最俗套的——"你好，宗先生。"

"宗先生？"他看着我，忽然就笑了，神色却逐渐变冷，"你叫我宗先生？也对。"他没说下去，微微侧了侧脸，目光停在不远处的钱塘江。

"我还赶着去签合同，先走了。"我慌乱地转身，急急走开。

"简浅？"他突然说，"你是天华的职员？"

我下意识地回道："你怎么知道？"

他似乎没有听见，过了好久，才收回有些失了神的目光，眯了眯眼睛，说："一开始还以为是同名同姓，没想到竟然真的是你，88号的商铺位。简小姐，看来，我是你今天签合同的对象。"

原来那位助理说的从国外回来的业主，竟然是他！我一时不知该如何反应，好一会儿，才舔了舔干燥的嘴唇，斟酌用词："合同已经准备好了，那宗先生，我们现在去商铺？"

"不。"他又笑了起来，凝视着我，一字一顿，"既然真的是你，那就没有谈的必要了，这笔生意，到此为止吧。"宗晨说完，便转身走了。

"等等。"我拎着厚重的公文包，咬了咬牙，追了上去，"宗先生，对不起，请问出了什么问题？"他并没有停下脚步，只丢下一句："没有签合同之前，我有拒绝的权力。"

"宗晨，你没必要这样——"我快走几步，站到他面前，堵住了他的去路。他却朝后退了好几步，好像面前的我是洪水猛兽。

"没必要怎样？"他微扬起嘴角，又露出那抹嘲讽的微笑。

这时，江面上响起悠长的汽笛声，仿佛多年前一样，不曾改变。我们忽然又沉默起来。

此时正是一天之中最热的午后，太阳发了狠似的热。这时的钱塘江，如一条

盘旋的银龙，栖息着横亘在南北之间，粼粼波光在阳光下似耀眼的珍珠，缀成片片鳞甲。而油轮在一声汽笛声之后，稳稳地前行，翻滚着卷出江底的黄沙，使得水钻似的水面鳞甲也断了，混浊不堪，看得人一阵恍惚。

空气像是浓稠的布，没有一丝风，可我仿佛听见那咆哮而来的涨潮声，像是腾空的巨龙，由远及近扑过来，而他牵着我的手，掌心的热度温暖到心底，我们一直向前跑，背后是汹涌的潮水，可却一点儿都不怕，仿佛只要牵着手，一直向前跑，就可以了。

蝉叫声一声响过一声，衬得四周越发沉寂，以及裹在身上的、浓得化不开的闷，我收回这莫名的伤感情绪，慢慢地开口："我是说，这只是业务，没必要牵扯到其他的私人情绪。"

他静静地看着我，看了很久，神色淡漠得很，他的脸仿佛只是一张面具。我琢磨不出他在想什么。

汽笛声渐渐远去，四周又恢复了安静。

"如果你是因为我，那我可以找其他的同事与你接洽。"我压下情绪，寻找余地。

他竟轻轻地笑了笑，眉毛好看地一挑："难道你还不明白？简浅，我只是不想见到你，一刻一秒都不想，包括，与你有关的一切。"

"抱歉，再见了。"他绕过我，再没任何停留，快步离开。他笑得那样温和，却让人心底发冷。

我该知道的，是的，我知道，一直知道。我忽然想起多年前他重重甩过来的那记耳光，他还说恨我，比犹太人恨希特勒还恨。而我也恶狠狠地踹了他一脚，歇斯底里地骂，谁稀罕你恨不恨，我压根儿就不在乎！既然你恨，那你滚啊，滚到英国去，一辈子都别回来！

我一直记得他当时的样子，僵着背，一动不动地望着我，眼眶渐渐发红，然后背过身去，头也不回地走了，只清晰地留下三个字——好，我滚。他跑了，跑到大西洋彼岸，一去多年。

后来我也想，也许他迁怒于我的恨会随时间慢慢淡去，也许横亘其间的误会能消失，也许终有一天他会明白。那么聪明的他，怎么能不明白？于是我一直等着，等着他放下，等着他回来。一年不够，那就两年，两年不够，那么五年、七年，可原来还是不够。在我一相情愿地守着那片森林时，他就离开了。

七年来，很多东西都变了，譬如这沿江的风景，高架横江过，大楼平地起，开始车水马龙，开始快速发展，可越繁华，却也越寂寥。可也有很多东西没变。比如这江水，这汽笛，还有我的执念。可人总是这样，一面盼着改变，一面又怀

晨光搁浅
（一）

念过往。

　　一直以来，我都知道自己活在过去，像一个瘾，戒不掉，或者说，从未想过去戒——我就是个没勇气面对现实的可怜虫。虽然我明白，有些事情错了，便永远不会再回来。耳边似乎又响起了涨潮声——呼——呼——他笑着说——傻瓜，快跑。是的，没错，我就是个傻瓜，彻头彻尾的傻瓜。

　　若没有再次相逢，我相信自己会一直迷失下去。不管执迷不悟也好，死不悔改也好，既然七年的时间还不够遗忘，那何必要忘。

　　好了，悲春伤秋的事暂且不提，眼前摆着一件与生计息息相关的事，简浅我拿不下这单商铺交易，就得直面接下来的惨淡人生。

　　宗晨走后，我也不知自己傻站在那儿多久了，直到一阵无休止的手机铃声响起。"天杀的简浅浅！你又怎么得罪上帝了？！"头儿的声音透过无线声波，跨越大半个杭州，从那即将报废的诺基亚中咆哮而出，显然这并不影响杀伤力。头儿一生气就叫我简浅浅，按她的说法，两个字叫起来太没力度，不能充分体现她有多愤怒。

　　"你给我老实交代，出去时不还得意扬扬的吗！"头儿说到最后几个字，简直是咬牙切齿，"对方直接拒绝我们公司代理，一点儿余地都不留……我说你不会是把人家给调戏了吧？"我哭笑不得："还真调戏过。"

　　"简浅浅！你活腻了是不是？！"声音又高了一分贝。我尽量轻描淡写："头儿，业主是宗晨，你该早告诉我的。"

　　"靠，我怎么会知道，与我联系的又不姓宗。"她说完忽然意识到了什么，沉默了一会儿，语出惊人，"很好，老情人，有转机。"

　　"我好像告诉过你，我和他分开的时候，闹得有多天翻地覆。"

　　"算了算了，你先回公司，看看有没有挽回的余地，那宗——什么晨的，总不能公私不分，生意也不做呀，这可是一笔大单子。"

　　"知道了。"我挂掉电话。

　　这时候才发现，自己竟朝着相反的方向走出很远了。我就知道，一旦碰到与他有关的事，我便乱了，乱得不成样子。

　　我工作的地方叫天华商业地产经纪有限公司，主营商铺、写字楼等商业地产服务。目前的境况是，三个月以来，我的成交额还是零，困难重重。

　　事实上，我之所以进这个公司，完全是因为头儿。头儿叫林婕，是公司一个业务部门的主管，也是我妈妈以前带的学生，而他的未婚夫阿木，是分公司的经理。她开始打算让我进行政部，我说不行不行，要赚钱，要接单子。她当时就冷笑，不到黄河心不死，既然这样，咱们就按规矩办事，试用期三个月，接不到单，那就走人。

后来还是看着我可怜，将手头的一笔单子让了出来，对我恩威并施："这单再跑了，别说阿木要开除你，我也第一个把你赶下楼。"

我还蹬鼻子上脸，嬉笑着说："哎呀，头儿你昨晚是不是去美容院了，气色真好，真是肤如白玉。"结果她白我一眼，骂了一句："你要能留着这套去哄客户，也用不着人操心了。"

不得不说，头儿对我够好，这笔商铺转卖的交易，佣金高不说，对方也是急着出售，没费什么时间便谈妥了合同。商铺位于钱江新城的黄金地段，又属中心区域，若放一两年，价值便是成倍地涨，因此也不乏买家。一般说来，没有谁会愿意在这个时段急着转卖。本来一直进行得很顺利，并约定今天正式签合同，可没想到真正来签的业主竟然是宗晨。

出发时我立下军令状，自信满满地说手到擒来，本来约好去商铺签合同的，却在半路鬼使神差地下了车，顶着大太阳去江边沿岸逛了逛，可谁知道，会在那儿遇上宗晨。

该说好事多磨呢，还是世事无常？

如果我没进这家公司，如果我没接单子，如果我没接他的这笔单子，如果我没着魔似的要到这里走一走，是不是就不会再见到他了？不，我相信那句话，相逢的人总会再相逢。不管我们如何不愿意，总会在这世上与一些人有千丝万缕的联系。

可我不得不承认，生活真会适时来些黑色幽默。

回到公司，头儿便将我叫进办公室。对于我和宗晨那些乱七八糟的事，她知道个大概，却不以为意，总觉得是小孩子过家家，先前一直张罗着给我介绍好男人，在我无数次的漠视与不配合之下，也就偃旗息鼓了，她把我的漠然都归罪于宗晨，而这次发生的事，在她连续打了好几通电话还被拒绝后，终于成了积怨已久的导火线。

"你说他拽什么啊，凭什么啊！不就一海龟吗，现在满大海游的，不就是很牛的设计师吗，了不起他别回来啊——"

我站在她的办公室里，盯着墙上风格诡异至极的装饰画，不置一词。

"不就是一些陈年旧事，用得着过了这么久还小气巴拉地记着？太没格调了。我说简浅，你就是一头猪！"她喝了一口水，继续说，"我还以为是怎样一个男人呢，还不如上次给你介绍的那位博士，他就脸白了点，你说不喜欢小白脸，好吧，那

宗晨，脸白得跟吸血鬼似的，怎么就不小白脸了，怎么就有男人味了？"

我继续盯着画，试图从一大堆凌乱的线条中找出女人的轮廓来。

"难怪你爸爸一提起他就咬牙切齿，就算不为你自己想想，也该为你爸爸想想，他有多着急！你别一脸死猪不怕开水烫的样子，你爸爸暗地里不知和我唠叨了多少回，说你执迷不悟，恨不得你失忆了才好。"

我怎么也看不出那幅海边少女图里的少女在哪儿，只好将目光收回来："头儿，这是公司，咱不应该浪费时间谈私事，对吧？那么，这笔单子还要争取吗？"

"要，当然要，人活一口气，我倒要看看，这个宗晨，能拽成什么样。"她站了起来，抽出一沓文件，颐指气使，"走，开会去！"我想她是和宗晨耗上了，当然，这种事也不是一回两回了，总有几笔单子会莫名其妙地上升到"不是钱，而是尊严问题"的这种高度上来。

头儿紧急召开了一个会议，从市场逐渐趋向饱和、竞争越发激烈到公司营业额下滑，添油加醋，说得一众人等忧心忡忡。

"好了，现在我们手头有笔单子，说大不大，说小也不小，但问题是，它出现在这个关键的时候，若拿不下，我们公司的颜面何存，信心何在……"

大家顿时激情澎湃，斗志昂扬。

"这是该业主的资料，原本由简浅负责，但因为一些原因……"她见时机成熟，打开投影仪，宗晨那张英气逼人的照片就这样出现在大屏幕上，这张脸的轮廓，如此熟悉，我闭上眼也能画出来。

即使她很不应景地用马克笔在头像上画了一个圈，也迅速激发了在座女同胞们的荷尔蒙。一阵意料之中的骚动。

"喂，你见到他了？本人帅还是这个帅啊？"有人碰了碰我的胳膊，兴致勃勃地问。

我下意识地看向屏幕，直面而来的过往气息，让人很想逃开。

"都丑，丑死了。"我起身，"我的胃有些不舒服，先去泡杯三九胃泰。"

待我回来后，他们也最终确定了方案。其实也就是最基本的，人海战术，软磨硬泡。

头儿够狠，每天都找人去堵宗晨，让人产生怀疑，她到底是想借此机会出一口恶气——在她看来，我找不到男人都是宗晨害的，还是真如此重视单子。

接下来的半个月，简直堪比持久战，不仅要花时间去研究如何在适当的时间与客户偶遇，还要天天电话致以亲切的问候，顺便咨询合作意向——这一行，脸皮早就磨得比西瓜皮还厚了。

头儿前两天亲自出马，摸清底细，树立榜样，接着一个个轮着上，相对来说女同事比较积极。

毕竟有着男色诱惑，干起活来也有动力。直到有人苦着脸说对方换手机号码了，也不再去固定餐厅吃饭了，甚至连停车位上都找不到宗晨那辆车了。

我暗笑，看来宗晨的耐性大减，居然不到半个月就受不了了。

"没事，我和其他几家中介公司都联系过了，哼哼，全城……咳，我是说，"头儿得意扬扬，"暂时还没接到他向其他公司咨询的消息，咱再接再厉啊，谁拿下这笔单，提成统统提高百分之五。"

其实头儿早就和其他几家中介公司通气了，也就是说，即使宗晨去找了，有人接了单子，也不会介绍买家，也就是说全城封杀了。

我觉得她疯了，不管怎样，其实是没什么必要的。

这段时间，公司的每日一卦，主题毫无疑问都是宗晨，只要一听到他的名字，同事的神经便下意识地绷紧，都成本能反应了。

"老娘就没见过比他还难攻克的碉堡，都搭上美人计了，他依旧是那句不需要了，谢谢……"

当然难了，当初我缠他三年，还功败垂成呢。

"美人计？我看你是乐着倒贴吧，"头儿吞下一片土豆，继续忽悠，"别不好意思，他脸皮薄，咱脸皮厚，怕什么。"

头儿正在进行一个什么土豆减肥法，天天吃土豆，也不腻死她。

我扒了几口饭，便没了胃口："你们继续吃，我有点累，上去睡觉。"

"简浅，你最近怎么回事？无精打采的，该不会生病了吧。"

"什么病，她那是自己憋的。"头儿意味深长地看我一眼，"明天和设计公司的聚餐，你也一起去。"

❋ 【2】

说是聚餐，其实就是公司之间的联谊，美其名曰解决员工个人问题。在剩女剩男横行的现在，这也算是深刻体现了以人为本。

我也认为自己最近的生活态度有些消极，不利身心健康，于是，第二天便傻乎乎地跟着一大群人聚餐——大夏天的去烧烤，确实很有雅兴，据说是头儿提议的。

野营地不算远，离市中心不到一个小时的车程，树木苍郁，河流环绕，烧烤地置于森林之中，撑把太阳伞，来几个烧烤架子与桌椅，倒也惬意。更主要的是，这次设计公司来的人都还可以，大家行业相关，彼此之间聊的话题自然多了，抛开不太纯粹的目的，也算是一次不错的交流。

"来，简浅，给你介绍一下，孟天，是个律师，是设计公司的法律顾问。"头儿笑嘻嘻地拉过一个人，"这是我妹，简浅，可好的一个孩子，你们聊着……"

我微笑着给她翻了个白眼，这年头的律师还真是悠闲。

孟律师除了个子矮了点，长得含蓄些，倒也没其他缺点了。毕竟是当律师的，口才好，见识广，不时还来点幽默，倒也还聊得来。

晨光搁浅
（一）

"知道哪类官司接得最多吗？"他将烤好的鸡腿递给我，本就很小的眯眯眼更是笑得只剩一条缝，"我现在都成离婚专业户了，找我的案子，百分之八十都是这个。"

听出他语气里的自嘲，我笑笑"没办法，现在流行这个，需求大了，也难免。"

"你喝酒吗？"他递给我一罐啤酒。

"哦，不……"我刚想拒绝，他已经将盖子打开递过来，"相信我，适量的啤酒对身体有好处。"

"谢谢。"我并不推托。

填饱肚子，一群人便坐在草地上打起了红五，我玩了几盘，技术不佳，自觉地让位。

哪知一起来，头晕目眩地眼前一黑。

"没事吧？"孟天紧张地扶着我。

"没事，贫血而已。"有些抵触他的肢体接触，正想不着痕迹地躲开，忽地觉察到周围气氛异样。

我一转身，对上冰冷锐利的目光，身体蓦地变僵，孟天觉察到异样，更是牢牢地扶住我的肩："怎么了，简浅？"

宗晨站在几步之外，冷冷地望着我，确切地说，是望着我的肩。

我有一瞬间的慌乱。

周围安静得有些诡异，原本嘻嘻哈哈打牌的人停下了手上的动作。

"啊，那不是碉堡吗？"终于有人开口，是我们公司的一位女同事。

"你认识他？"设计公司的人问。

"嗯，算是吧……客户。"

"是不是姓宗？"

"是啊。"

"真的是……宗晨？天哪，那不是……唉，能不能帮忙介绍一下，那可是我的偶像。"

两人的对话迅速激起两个阵营不同的反应。

"要不要现在再去围攻啊，绝好的机会，没准能拿下。"

"你有没有看错啊，确定是他？他不是在英国参加那项目了吗？"

当然，也有例外的，比如我身边这位迟钝的孟律师，也不知作为律师该有的敏锐哪去了。

"你感觉好点没？要不我们先走吧，我开车送你去医院。"

我这才回过神来："哦，不，不用。"

宗晨依旧冷冷地看着我，似乎周围一切都与他无关，我背过身去，找了最远的地方坐了下来。

无论如何，我都不想再去自取其辱了。

头儿不知从哪里冒出来，看看我，又看看他，眼神深有含义。

不知过了多久，她拍拍我的肩，冷冷地道："别躲了，人走了。"

我往嘴里塞了一块烤翅，不予理会。

"看那边，是蓝田集团的。"有人低呼，"难怪业界传闻蓝田挖角建筑界新秀，居然是真的，穿白衣服的那位好像是蓝田的总经理……刚刚那位，真的是那个宗晨……"

我下意识地回头，看见一群人朝营地中间的酒店走去，宗晨的背影高瘦英挺，在众人中格外引人注意。他略略低头，正与身旁一精干的女子在说话。

我突然站了起来，对眼前的孟律师说："玩骰子，输了的喝啤酒，来不来？"

他似乎被我的转变吓了一大跳，好久才说道："来。"

"12个6……"

"15个。"我直接喊——显然又输了。

我只是想要试试，到底有没有借酒浇愁这一说法。而事实证明，这行不通，越喝越清醒。

等头儿又不知从哪冒出来之后，我已清醒着伏在桌上了，她一把将我揪起，上下打量了一番："你着魔了啊，发什么疯？"又转头责怪孟律师，"你怎么也跟着胡闹？"

"我……拦不住啊。我，我还是去打牌吧。"喝酒喝得这么猛的女人显然不是一个合格的相亲对象。

我笑，小样，跟我斗。

虽然脑袋依旧清醒，可身体不听使唤，肚子胀得慌，被她这么一拉一推，恶心感便直直从胃部涌上，我强忍住要吐的冲动，拔腿朝酒店奔去——这里唯一有洗手间的地方。

生理上的不适让我无暇顾及其他，只顾忍着喉间的呕吐感，直到一头撞上谁的胸膛。摇摇晃晃地站稳，眼前的人影如孙悟空的分身一样晃动，我眯着眼睛说："抱歉啊，借过。"

再朝前跑，却被那人拉住，他低低地开口，声音好听得要死："你喝酒了？"一句话就逼出了我的泪意。

我看着眼前的宗晨，觉得真应了一句话，生活果然是狗血的，狭路真的会相逢。

我狼狈地低着头，挣脱，这似乎惹恼了他。

"你现在的口味变得——这么重，还是说，饥不择食，嗯？"他云淡风轻地插上一刀。

我们隔着不到一个转身的距离，可这距离似乎比一整个大西洋还要遥远，当心存幻想的期待被现实狠狠地击碎，我忽然觉得自己这么多年来有多可笑。

"你说对了，"我勉强站稳自己，缓慢地转过身，看着他的眼睛，用极其平淡的语气说，"我，饥不择食。"

此时已近黄昏，阳光倾斜着从走廊尽头涌入，这本来是个美好的下午，我想。

洗手间就在拐角处，酒气带着无限酸意从胃部涌出，一阵翻江倒海，我闭上眼，任凭这股挖空肺腑似的感觉占据每一处，也只有这样，才能让眼底的泪退回去。

可谁能告诉我，怎么能将付出的爱也退回去，退回到原点。

"擦把脸，免得吓跑了别人。"不知什么时候，他已经跟了过来，递过来一条干净的毛巾。

"用不着。"我听出那语气里的嘲讽，极力克制自己的情绪。

宗晨的手收了回去："哦，我忘了。你缠男人，有的是办法。"

他这句话成功地点燃了我身上几欲喷薄的火焰。

我看着他，一字一顿："你——给——我——滚！"

"嗬……你以为，我还会同当初一样，说滚就滚？"他朝我逼近一步，言语激烈，可脸上的神色依旧冷漠。

"那你就别回来！我宁愿你别回来，一辈子都别回来！"我激动地朝他大喊大叫，像个自欺欺人的傻子。

是的，我就是个沉溺在过去而无法自拔的可怜虫，只要他别回来，不出现，我就将梦一直做下去，直到死。

他忽然安静下来，声音低沉而喑哑："凭什么？"

我红着眼，用力扶着洗手台，指甲深深地陷入肉里："你一定要逼我说？那好，宗晨，你给我听着，我忘不掉……忘不掉你，忘不掉过去，就凭这个理由，你说够不够？"

一说完我就开始后悔，我恨自己，为什么每次总是这么主动地掏心掏肺。

或许是我看了眼，看见他眼底闪过的一丝刺痛，宗晨僵着身体，不置一词，一如从前，每次与他说些现在看来无比幼稚的情话，他便开始不自在，连说话的语气也会变得僵硬。

他忽地逼近，居高临下，一手轻轻捏着我的下巴，高高抬起，迫使我正视他的眼睛——那冰冷如同大海的目光里，酝着一股深不见底的风暴，瞬间将我卷了进去，也泄露了他的情绪。

他几乎恶狠狠地开口："你以为我就能忘记？忘记你所带来的痛苦，忘记噩梦般的过去，忘记张筱的死？"

我以为自己的心早就死了，原来还没有，淋漓的痛楚到了极致却是一种说不出的疯狂快感。七年了，他竟然还是这么以为。

对他来说，那只是噩梦般的过去？

是的，我们都无法忘掉。只是我忘不掉的，是与他在一起的每时每刻，不管痛苦的，还是幸福的，而他念念不忘的，全是仇恨。

我们彼此都只记得那段往事的对立面——我记得爱，而他只想起恨。

也许从始至终，都没有过公平二字，所以他可以肆无忌惮地羞辱我，打击我。

"没有关系，宗晨，"我笑了起来，"你忘不掉，你恨，那是你的事，可对我来说做不到，我只能记得那些好，那些美好的过去，一点一滴，都跟刀刻似的，很愚蠢是吧？有什么办法，就算你再划上几刀，也没用。"

仿佛被暂停的画面，他忽然沉默了，缓慢而无意识地放手，之前的锐气骤然消失。

长久的静默，久到我以为眼前的一切都是幻象。

"没有用的，简浅，忘不掉又怎样，你可以——你应该，不，一定要——重新……"他忽然将那条散发着清香的毛巾塞到我手里，低声咒骂，"该死的。"

然后他就走了，还没说完这句莫名其妙的话，就走了，步子迈得很大很疾。

同样溃不成军的，还有我。

森林忽然消失，我迷失了方向。🎞

【下期预告】：小时候的简浅叛逆，成绩很烂，宗晨就是在这个时候作为她的家教出现在她面前。作为一个优等生，他对眼前这个不听话的学生产生了极大的兴趣，甚至将其当成了一种挑战，对简浅的一些不入流的小把戏嗤之以鼻，见招拆招。慢慢地，简浅惊恐地发现自己居然会乐此不疲地与他玩这些小把戏，而且对周末补课这件事渴望起来……更多精彩，请继续关注《晨光搁浅》（二）！

哭泣的盛宴 Ku qi de sheng yan

●文／薄荷　●图／天上

【写作感悟】

这是一个关于"假想敌"的故事。

故事中的主人公沈式嘉大概是这个时代里最最普通的女子——自小成绩优异，毕业后进入 IT 行业，从实习生一点一点做起，凭能力生存打拼，独立内敛，不喜张扬。当然，她也有暗恋的男子，有娇艳的情敌，有一帮聒噪八卦的同事。

她需要在努力工作的同时避开各种陷阱和争端，眼见自己被迫变得世故和残酷，无力挽回，生活犹如一潭死水。

所以一旦这扇紧闭的门开启一条缝隙，她便会奋不顾身地迎上去，粉身碎骨也无所畏惧。

但事实上在这个故事里，只有她活了下来。她独自一人回来，为失去的一切放声痛哭。镜中人朱颜已老，可失去的只是岁月吗？她不是没有过真诚的情谊——董迟自始至终信任她，周子倏留下来与她一起生活，甚至连她视作眼中钉的季颜宝，也从未当她是敌人。可到头来，不过是自以为的假想敌，葬送了她苦心经营的一切。

也许这一切从来只是幻觉。她是最最普通的女子，生活平静如水，事业稳步上升，过几年遇见心仪的人，结婚生子，共此一生。而那些暗涌和惊心动魄，都只是一场梦罢了。

如果这才是真正的自己，你又会怎么选择？

【作者简介】

薄荷

双面巨蟹　　　血型未知　　7 月 12 日生

上海制造，Since 1987

好吃懒做。双重性格，自恋，任性，骄傲，叛逆，念旧。

有令人惊恐的反向极端想象力。向往自由，等待救赎

梦想远走高飞。渴望环游世界

2004 年至今在《苏州日报》《青年文学》《花溪》《南风》《Alice》《映色》《少女》《新蕾·Story100》《新蕾·Story101》《爱丽丝》《HANA》等书刊上发表小说、散文、乐评、影评等 50 余万字。

"现在，是你先杀我，还是等我杀你？"

暖阁内早已挤满了前来护驾的侍卫，式嘉抬眼直直地望着面前的颜宝，脸上浮出一丝轻蔑的冷笑，随即大喝一声："拿下！"

颜宝显然还没有从惊愕中缓过神来，一脸难以置信的表情，张大了嘴却说不出话，只是那样一眨不眨地看着她。

这个刚刚和自己从21世纪过来的女子，此刻却穿着华美的古装，一脸居高临下的威严，在暖阁之中对着几十名侍卫发号施令，而那些人竟也言听计从。颜宝只觉得天旋地转，直到手脚被死死按住，才一脸惊恐地抬起头来，望向那个高高在上的陌生人，喊道："式嘉，式嘉，救救我……我们是朋友啊！"

"式嘉？"对方仿佛是第一次听见这个名字，嘴角勾出一抹鄙夷的浅笑，"我的名字叫董迟。"

【三个月前】

"我们老板还真小气，别家公司还有海外旅行，而我们呢，每年不是苏杭就是南京，连海南都没有去过！"

在回程的巴士上，季颜宝忍不住抱怨起来，很快就得到众人的一致赞同，只可惜老板自己去了欧洲逍遥快活，任他们一车人再怎么怨声载道，他也听不见。

"要买纪念品的都下车吧，过了这里就直接上高速了。"领队回过头来对大家说道。

式嘉原本是不想去的，她看到后排的周子倏坐在位子上睡着了，外面的阳光洒落在他的脸上，令他的睡脸仿佛剪影，五官因此变得如梦似幻。她喜欢这样的静谧，当所有人离开之后，这个世界，就只剩下她和他。

"周子倏！"一个女声打破了难得的安宁，像一头四处冲撞的幼兽，那人跳上车，嘟着嘴嚷道，"快点起来，一起去买东西啊。"

季颜宝是公司里的花蝴蝶，与许多男子关系暧昧，周子倏也是其中之一。式嘉不喜欢这个女人，觉得她卖弄风骚，一副花瓶嘴脸。应该有很多人不喜欢她，但在办公室里永远看不出端倪，人人戴着一副面具，伪装出和乐融融的氛围。

式嘉半合着眼睛，看到季颜宝拉着半梦半醒的周子倏跑下车去，顿时觉得再假寐下去也没有什么意义，隔了一会儿，便也下了车。

同事们早就四散而去，只有她独自沿着这条热闹的街，漫无目的地向前走着。

　　关于周子倏，她想，他一定是她有生以来见过的最英俊的男子。她就这样暗恋他至今，居然已有两年多的时间。式嘉从一个懵懵懂懂的新人，慢慢站稳了脚，融入这个城市无数朝九晚五的白领之中。

　　周子倏身边一直有各种女子出现，但他始终号称单身。她摸不透他的心思，但也依稀明白倘若有一天他愿意承认某个人，如若不是浪子回头、婚期将至，就是他真的爱上了那个人。

　　"周子倏。"式嘉在心里默念这个名字，他身上有一种别样的韵味，若在古代，一定是一位翩翩公子。

　　式嘉不禁失笑，怎知竟一头撞上了眼前的人，有什么东西掉在地上，"啪"的一声，碎了。式嘉暗叫不好，定睛一看，原来是一面镜子，做成复古模样，此刻被摔成了两半。最先叫起来的是摊主，他双眼一瞪道："这位小姐，你走路不长眼睛啊？"

　　原先拿着镜子的游客耸耸肩，丢下一句"不关我事"扭头就走。式嘉见自己理亏，只好说："这面镜子多少钱，我赔你好了。"

　　摊主这才笑逐颜开，报出一个奇高的价格，又胡说乱吹一通，把仿古的镜子硬说成是古物，还煞有其事地搬出一套所谓"听声、看形、辨锈、闻味"的鉴别方法。式嘉虽然不懂此道，但也不甘当冤大头，同他据理力争，引得路人纷纷围观。

　　"这不是沈式嘉吗？"季颜宝的声音从人群中传来，"集合的时间快到了，你怎么还在这里和人吵架？"

　　式嘉白了她一眼，但目光触及到她身侧的周子倏，顿时觉得窘迫。她不愿让他看到这样的自己，于是不再争执，默默付了钱，取了镜子就走。谁知季颜宝不依不饶地跟上来："让我看看，吵了半天是为了什么呀？"

　　式嘉将镜子塞进包里，看也不看她，径直走向巴士。

【不可思议之事】

　　花了大价钱买回一面破镜子，式嘉大叫倒霉，所幸用胶水粘好，虽有裂痕，但起码还能用。她可不相信那摊主的疯话，不过细细看来，这镜子仿得也算精致，只有巴掌大小，正合适随身携带。

她拿在手中把玩，照了自己的模样，又举着镜子看身后的时钟，想从镜像中猜测现在是几点。但她很快发现自己竟无法读出现在的时间了，因为时针和分针，居然消失了！

　　不，应该说，它们在以惊人的速度……倒退？式嘉头晕目眩，想找椅子坐下，双手摸索却又遍寻不着。她不禁一阵心慌，但视线始终未曾离开那面奇怪的镜子，她觉得自己的身子越来越轻，灵魂像被抽空，整个人就快要被吸进去了。

　　等目光得以从镜子里怪异的时钟上移开，式嘉赶紧回头去看身后的墙壁，却发现此刻连整个房间都不知去向了。眼前，是一派令人难以置信的景象——

　　所有人都是古装扮相，行走在街上，竟没有一丝不自然。她低下头看自己身上的睡衣睡裤，又抬起腿向前走了一步，再狠狠捏了一把自己的脸。两年编写电脑程式的工作经验告诉她，所有一切都有原因，而分析、思考、动手，是解决所有问题的三个步骤。

　　而现在，她明白了三点：第一，她不是在做梦；第二，她回到了古代；第三，是因为那面镜子。

　　式嘉从口袋里摸出镜子，却找不到任何回去的方法。正当她焦头烂额的时候，有人拍拍她肩膀："请问这位公子……"式嘉回过头，是一名容颜秀丽的女子，她一看到式嘉的脸，便大惊失色。

　　式嘉正不明所以，目光落在这女子的身后，顿时也愣住了——她竟然看到了一张和自己几乎一模一样的脸。

　　"小姐……"侍女低着头，恭敬地退到后面。式嘉和那位一身素雅的小姐对视了一会儿，两人却都不约而同地笑起来。

　　"误以为是位公子，所以让丫鬟前来相询，莫要见怪。"那位小姐嫣然一笑，"既然是女子，为何不穿裙衫，而作公子扮相？"

　　"那个……不便相告。"式嘉绞尽脑汁才想出这么一句话。她从小成绩优异，但历史这一门，却从未及格过，一触及历史，简直就是谈虎色变。

　　"你的衣裳很特别，可否告知是何

处购得？"那位小姐也不恼，可见家教良好，式嘉想她定然是大家闺秀，便说："请我吃饭，我就告诉你。"

这是她与董迟的第一次相遇。两个年龄相仿又相貌极似的女子，走在一起，宛如双生姐妹。她们都认为这是一种缘分，前世今生，冥冥之中，指引着两人的相遇。

彼时，她们也曾情同手足。

【穿越时空之旅】

出乎式嘉意料的是，董迟不仅是大家闺秀——在两人一番相见恨晚的交谈中，除了式嘉不可思议的穿越时空之外，还有一个真相叫人目瞪口呆——董迟竟然是一位如假包换的公主，当朝皇上最宠爱的女儿。

式嘉正愁在这里无依无靠，怕是要流落街头，不料这位公主殿下却舒展笑颜。

因为自幼生长在宫中，董迟几乎没有朋友，遇见远道而来的式嘉，欣喜地将她视为挚友。因为宫中生活无聊至极，董迟便让侍女给式嘉买了几套衣裳，让她跟着自己一起入宫去。然而在宏伟的古代宫殿里，对历史毫无兴趣的式嘉只是觉得不可思议，这些古代人怎么能在没有电视和电脑的生活中度过漫长的一生呢？

两个女子，一个是金枝玉叶的公主，一个是 IT 行业的精英，凑在一起，很快就找出了穿越时空的办法。这是一个并不复杂的奥秘，镜与钟，犹如钥匙与锁，犹如时间与门。当时钟呈于镜面之上，反射出的镜像便能够使时空发生改变。

古代人果然头脑简单，式嘉忍不住想。两人又推测，这面镜子可能正是出自这个朝代的某位能工巧匠之手，所以式嘉每次总会回到这里。

当古镜的秘密解开，一切便不再新奇。式嘉开始怂恿董迟跟她去 21 世纪看一看，古代生活毫无乐趣，女子终其一生只是深闺中的一个倩影，永远无法窥探和触摸到外面的世界。

董迟虽然对未来有所好奇，但始终不敢尝试。她是堂堂公主，若有什么闪失，皇上定然心急如焚。

式嘉看着她谨慎小心一脸认真的样子，忍不住笑起来。素来安静的暖阁里突然传出朗朗笑声，被支开的侍女们站在门外，不禁面面相觑，只奇怪平日里那个苍白瘦弱的公主，最近似乎转了心性，虽然还是孤僻如常，喜欢把自己关在房内弹琴吟诗，但脸上的笑容明媚了许多，难道是……有了意中人？

房中的两个女子不曾想到旁人的猜测，式嘉每隔几天就跑回古代来，而董迟也似乎心有灵犀，提前温一壶花茶，抱着书卷静静守候。

那些旧时光，仿佛凝固在时空的缝隙中，每每回想起来，总觉得无比温暖，千百年的鸿沟好像都因此消失了。

但是董迟到最后也不知道，这个从21世纪穿梭而来的女子，这个和自己有着相似容颜的女子，这个总对她滔滔不绝要带她去未来的女子，究竟是怎样的一个人。

三个月后，春暖花开的时节，皇上出宫微服私访，董迟终于经不住式嘉的死缠烂打，答应跟她去未来看一看。她们牵着手，像一对真正的姐妹，并肩而立，穿越这时空之门。

式嘉感觉到掌心里的另一只手沁出了汗，柔声说："董迟，不用害怕，我们只是换一个花园逛逛，如果你不喜欢，我们随时可以回来。"

素白纤弱的女子点点头，安安静静地闭上眼睛，等待下一秒钟，未来的降临。

没有人看到镜中式嘉的唇边突然弯出一丝哀伤。

【计中计】

"欢迎来到2010年。"式嘉从厨房里走出来，端了两杯咖啡放在茶几上。

之前坐在沙发上连动都不敢动的古代公主，这才怯怯地抿了一小口咖啡，皱起眉头道："好苦。"

式嘉从衣橱里找出自己的衣裙递给她："你换上我的裙子，我们坐飞机去美国。"

董迟还有些踌躇，却被不由分说地套上了白色的真丝裙，低下头，式嘉已将一双黑色高跟鞋放在她面前。她还来不及好好看一看这个新奇的世界，就被拉着坐上了车，直奔机场。而当她小心翼翼地询问时，式嘉只是指着手里的机票说："晚了会赶不上飞机。"

她其实并不明白式嘉的意思，想问清楚却又怕显得愚笨，便只好缄口不言，全神贯注地望着窗外飞驰而过的风景，拼命地想要记住这些不属于她的时光，这千百年后的未来，这些就像是先知的预言一样，令人难以置信，所以更显得神秘。

她甚至想着回去之后，等皇上来看她的时候，自己亦可以滔滔不绝地对他讲述，而不只是一贯地聆听。想到这里，董迟秀丽的脸上便泛起红晕。

后视镜里，式嘉将一切都看在眼底。她轻轻叹了一口气，董迟，你可知道，你再也回不去了。

式嘉的计划天衣无缝，一旦董迟离开了古代，便犹如断了线的风筝，而自己是她唯一的依靠。她不懂得这个时代的游戏规则，没有学历技能又不懂英文，不过是自己手中的一枚棋子。也许连棋子都不是，因她根本一无是处。古代人不会知道，办公室是比宫廷更残酷的战场。

而沈式嘉的字典里，早已没有"朋友"这个词语。

式嘉和董迟一起上了飞机，公主殿下一听要飞上天去，立刻吓得魂飞魄散。式嘉体贴地向空姐要来眼罩和毛毯，柔声告诉她一觉醒来就到了。此时的董迟像个孩子，听话地戴上眼罩，黑暗似乎有种别样的安全感，又或者是真的疲累了，她很快就沉入了梦乡。

虽然与原先的计划有异，但大好的机会摆在眼前，式嘉便顾不上自己一番精心的策划付诸东流，悄悄起身，挽着提包匆忙下了飞机。

十分钟后，那班去往美国的飞机准时起飞。

式嘉透过候机厅巨大的落地玻璃，确定没有人再从飞机上下来之后，步履优雅地转身离开。

古代女人还真是笨。她的笑容里不自觉地带着轻蔑，她从口袋里摸出手机，对着"季颜宝"的名字按下通话键。

不出几天，办公室的同事都好奇起来，沈式嘉和季颜宝，这两个八竿子打不到一块儿去的女子竟然同进同出，一副交好的模样。

连周子候也忍不住问："颜宝，你跟沈式嘉关系不错啊。"

颜宝耸耸肩膀："我也不知道啊，前几天她突然打电话给我，说有朋友从国外带回一套 DIOR 的化妆品，她用不到，便说送给我。然后一起逛逛街，就熟络起来。"

中午吃饭，颜宝自然叫上式嘉，周子候在一旁顿时轻笑："看你们俩好的。"

式嘉迎着他的目光，一下子就脸红了，又怕泄露了心迹，只好埋头吃饭。而颜宝自以为倾国倾城，眼里看不到旁人，依旧和周子候打情骂俏，丝毫不知身边的式嘉，早已经为她摆好了棋盘。

　　她们很快就成了知己，起码表面上亲密无间，就和当初的式嘉和董迟一样。

　　但董迟毕竟无辜，所以式嘉也不忍心将她逼入绝境，最后还留了些钱在她的口袋里。但颜宝不同，她分明是贪得无厌的恶魔，她想要全世界都向她顶礼膜拜，要所有男子都拜倒在她脚下——包括周子倏。

　　唯有这一点令式嘉无法容忍，不然任她如何嚣张跋扈都随她去，但是只有周子倏不可以，式嘉不能容忍颜宝对他若即若离、言行轻佻。

　　于是式嘉把镜子的秘密告诉了颜宝。烟视媚行的女子当即放声大笑："式嘉，我看你是科幻小说看得太多了。"

　　"那么，你敢不敢跟我一起试试？"

　　"好！"颜宝显然是不信的，爽快地环起双臂，看式嘉拿出古镜，慢慢将墙上挂钟的影像纳入镜中。

　　"看，什么都没发生吧，我就说……"颜宝揉揉眼睛，眼前的景象令她目瞪口呆，时针分针全都乱了套，疯了似的急速后退。

　　她眨了眨眼睛，不禁感到一丝恐怖，伸手拉住了身边的式嘉，然而她身旁的女子只是笑着握紧她的手……

【第二个牺牲者】

　　暖阁之内，仿佛还保留着董迟走时的样子。

　　这位公主是皇上极为宠爱的女儿，性格孤僻，除了父皇之外不与任何人亲近，常常把自己关在房间里不见人，几日后便作出一首新曲，她抚琴吟唱，嗓音婉转动人，绝妙的才情深得皇上的欢心，于是皇上下旨严禁任何人打扰她冥思创作，连膳食亦只能放在门外。

式嘉叹了一口气，想起和董迟相处的时光。董迟总是弯着眉眼，露出细微的笑容，乖巧温柔，话很少，大多数时候都在聆听。这张几乎和自己一样的脸庞，以后再也见不到了。

而如今，眼前的是另一个人——

颜宝对时空旅行欣喜若狂，就和式嘉第一次来到古代一样，她动了动双腿，又捏捏自己的脸，惊呼："简直就像在做梦！"

"式嘉，你在干什么？"颜宝疑惑地看着式嘉拿起一件古装，娴熟地穿上身，那衣服精致至极，一看便知是皇宫中有身份的女子的服装。

"式嘉，你在笑什么？"颜宝发现式嘉脸上的笑容更甚，却始终不发一语，直到衣装整齐，才缓缓吐出一句话来——

"现在，是你先杀我，还是等我杀你？"

"你在说什么……"还没等颜宝反应过来，式嘉竟突然一脸惊恐地放声大叫："来人啊！来人啊！有刺客——"

颜宝有些心急，扑上去想捂住她的嘴让她别叫。但很快，破门而入的侍卫就将暖阁围了个水泄不通，他们一面把两人分开，一面挡在式嘉前面，口中高喊着"护驾"，手里的刀剑却都指向一脸茫然的颜宝。

式嘉抬起眼睛，直直地望着颜宝，脸上浮出一丝轻蔑的冷笑，随即大喝一声："拿下！"

颜宝不明所以地环顾四周，古代人渐渐逼近，很快，她的双手被扣起，就要被拖出门外的时候，她才奋起惊呼："式嘉，式嘉，救救我……我们是朋友啊！"

"式嘉？"颜宝面前的女子轻笑起来，"我的名字叫董迟。"

因为皇上出巡未归，此案便交由皇太后处理。老太太年事已高，一听董迟公主房里竟有刺客闯入，连忙前去探望，受了惊的公主一头扎入皇太后的怀里，一番哭诉说这个疯子闯入宫里想刺杀皇上，得知皇上不在，看这里守卫薄弱，便将目标转向了她。

皇太后勃然大怒，眼下正是太平盛世，刺客竟然还敢进宫行刺，简直是目无王法，藐视皇室威严。于是皇太后当即便下令斩了这名女刺客，而所有侍女和侍卫也全部受了重罚。为了安全起见，皇太后还亲自挑选了大内高手来负责董迟的安全，侍女也按公主的要求被全部更换。

一场风波这才平息下来。

哭泣的盛宴 *Ku qi*
de sheng yan

是夜，式嘉正安睡，不料渐渐感到呼吸困难，蒙中竟看到颜宝一脸惨白，正死死掐住她的喉咙，她发不出声音，只觉得力气一点一点消失，意识已经变得模糊……

　　"公主！公主！"她睁开眼睛，看到床榻边跪了好几个侍女，见她醒来纷纷松了一口气。

　　原来是梦。

　　式嘉惊魂未定，一身冷汗已经湿了薄衫。那夜，她再没有睡着。

　　第二日行刑，大雨滂沱。颜宝被关在囚车里，推出宫门斩首。

　　式嘉坚持去见她最后一面。大雨之中，颜宝伤痕累累的身体触目惊心，她已经被折磨得失去了反抗能力，任凭雨点像针一样落在伤口上，身体不知因为疼痛还是寒冷而间歇地颤抖着。

　　在那个瞬间，式嘉心中不是没有一丝怜悯。但她很快就恢复了漠然，事已至此，她根本无法阻止。

　　颜宝的视线缓慢地聚集，终于认出了眼前身着华服的式嘉，她至今仍不知道她们之间到底有什么深仇大恨，要如此设计陷害她。于是她轻启双唇，无声地问：
"为什么？"

　　式嘉读懂了她的话，缓缓向她走去，打伞的侍女忍不住出声阻止："公主！"然而式嘉却置若罔闻，走近囚车，亦对里面那个惨不忍睹的女子回以三个字。

　　大雨掩盖了一切声音，两个女子相视而立，却隔了生死。颜宝瞪大了眼睛，仿佛不相信式嘉说的话。她沉默了一会儿，突然从囚车里伸出手去，拼命拉扯式嘉的头发。

　　"护驾！"所有人惊呼起来，离得最近的一名士兵挥手就是一刀，颜宝的一只手被齐腕砍断。惨叫声从囚车里传出来，式嘉周围全都是护驾的人，看不到发生了什么事，却也感到毛骨悚然。

　　"公主是金枝玉叶，岂是你这种贱民能碰的？"挥刀的士兵轻蔑地说道。

　　"金枝玉叶？"颜宝顿时安静下来，她捂着自己鲜血直流的手腕，竟又凄楚地笑了，"呵呵，金枝玉叶，呵……"

　　耳边只剩下不绝于耳的雨声，式嘉吩咐侍女："回去吧。"

　　其实走到这一步，也并非我所愿看到的，式嘉想。但有些时候，犯错的人也许根本不会在意自己伤害过谁。

　　式嘉轻轻地念起那三个字："周子倏。"

回到办公室，式嘉立刻被团团包围，"你知道吗？颜宝失踪了！"

"我病了一个星期所以不太清楚。"式嘉摇摇头，避开了同事的追问。她早就请好了病假，还附上医院证明，自然没人会怀疑。

大家唏嘘不已，过两天就是每年一度的公司酒会，少了颜宝可真失色不少。

"周子倏呢？"式嘉侧过脸问身旁的人，却得到一个"和你一样，病假"的回答，她不禁有些诡异。

再见到周子倏是在公司酒会上。式嘉的一颗心好不容易放下来，却猛然发觉周子倏神色憔悴得不成样子，头发乱糟糟的显然没有打理，领带也是随便系了个结，最好笑的是西装和西裤，颜色竟然相异。

但式嘉一点也笑不出来，她走到他身边，关切道："怎么了？"

英俊却苍白的男子一看是她，便立刻问："你看到颜宝没有？你最后一次见她是什么时候？她有没有找过你？"

式嘉愣住了，她万万没有想到，周子倏如今的失态，竟然是因为季颜宝。

"她的电话总是关机，我发了几十条短信给她，可一条也没有回。"周子倏的悲伤，明明白白地写在脸上，令人动容。

至此，周子倏的恋情才终于浮出水面。式嘉知道了，所有人都知道了，他爱的是颜宝，并且爱了很久，爱得很深。

"颜宝不会回来了。"见他如此消沉，式嘉忍不住说道。

男子几乎立刻就握紧了她的肩膀，眼睛里闪出光来。式嘉看着他，一字一顿说："她爱的是别人，他们一起走了。"

周子倏沉默了很久，仿佛所有的力气被全部抽走了。他的眼睛里没有一点光彩，漆黑瞳仁沉入了无边的夜色。良久，他才开口轻轻问："是谁？她，爱他？"

式嘉握住他的手，缓缓点了点头。那一刻，她清晰地看到了周子倏眼中的泪。

颜宝的离去令周子倏从此一蹶不振，他辞了工作，不知去向。式嘉费了一番周折，从人事部那里得到了他的地址，每天去慰问。但无论她如何努力，为他做饭洗衣，关怀备至，他仍然连看也不看她一眼。

他的心，早已被一个叫季颜宝的女子占满了。

式嘉不是白痴，她也明白这个道理，于是下定决心，辞去工作，要和周子倏在一起。她对自己说，不能输。她所做的一切都是为了能走到这一步，眼前已经没有了障碍，她不能输给了自己。

她突然觉得，她的这一场人生，便是为了这个人而来。

【浮生若梦】

周子倏在很长的一段时间里，怀疑一切只是自己的幻觉。他一定是太悲伤了，困在自己的世界中，竟然做了一个匪夷所思的梦。

"子倏，给你新做的衣服取回来了，你快穿穿看。"女子的声音从外面传来，他茫然地抬起头，看到式嘉已经推开门走进来，身后的阳光洒落了一身。

他喃喃地问："你是谁？"

式嘉没有听到他说话，只是一贯温柔地为他更衣，她脸上有清淡的笑容，俨然非常满足的样子。

周子倏不禁迷惑了，眼前的景象像是一场绚烂的烟火，明明应该转瞬即逝，却又以永久的姿态出现在他的视线里。他一把拉住女子的手问："这是哪里？"

"子倏，你终于开口说话了。"式嘉欢喜地笑起来，"抱歉，没经过你的同意就带你来了。我知道突然回到古代生活会有些不习惯，但这里很安宁，不是么？"

她扶着他来到庭院，悉心栽种的花草树木跃然于眼前。迎着男子疑惑的目光，她极尽温柔地说："我一直在等你从悲伤中醒来。子倏，请你和我一起留在这里。没有我们那个年代的竞争，没有朝九晚五的步履匆匆，没有季颜宝。"

听到这个名字的那一刻，周子倏微微扬了扬眉，又很快陷入沉思："等等，让我想想，先是颜宝失踪，你告诉我她跟别人一起走了，然后我辞了职，你来我家照顾我，再后来……"

"我用一面可以穿梭时空的镜子，把你带到了这里。"式嘉为他补充完整，"我希望你能重新开始，和我一起。"

"在这里？"

"是的，在这里。"式嘉用温暖的手抚摸这张她深爱的面容，他是她所见过的最英俊的男子，是她此生最爱的人，"答应我，你要好好的。"

"对了，我在这里的名字，叫董迟。"

式嘉一入宫就接到了传诏，皇上出巡归来，听闻公主曾被刺客所惊，甚是担忧。她心下一紧，但还是迅速织出一张笑脸，对传话的公公说自己刚从宫外回来，待梳妆之后立刻前去。

皇室晚宴自然热闹非凡，所有皇子后妃早就在大殿里等候。式嘉去得晚了，连皇上都入了座，见她迟来，皇上不仅没有责怪，反倒开怀一笑："几个月不见，董迟公主愈发清丽娇俏，看这神韵都不同于从前了。到底是朕最疼爱的女儿，出落得这样美，沉鱼落雁也不过如此吧。"

"谢皇上夸赞。"式嘉心中暗叫古代人真是虚伪，但面上还是保持优雅的微笑。

"董迟，朕不在的这段日子，听闻你时常出宫？"皇上突然开口道。

式嘉愣了愣，乖巧地点点头。

"朕还听说一件事，不知是否属实？"众人都安静下来，心里早已有数。怎知皇上话锋一转，吐出疑问句："女儿家长大了，有了心事，不愿同朕说了吗？"

式嘉顿时明白了他的意思，亦懂得周围聚拢的目光，原来是担忧起这位公主殿下的婚姻大事了。也对，古代向来早婚，再拖下去，恐怕就要凭皇上做主了。于是她清了清嗓子，正襟危坐，道："皇上，董迟的确有了意中人。"

众人纷纷露出"果然如此"的神色，宫中本来就没有秘密，何况公主天天往外跑，明眼人都知道事有蹊跷。

"是哪家的公子？"皇上饶有兴致地问。其实旁人早有猜测，更有甚者仗着眼线众多，私下里派人跟踪调查，但始终无人知晓那个男子的身份。

所有人等着董迟公主给出一个答案来，只见她突然面露微笑，眼角眉梢都仿佛盛开一朵绝美的花，柔声道："是我爱的男子。"

一语惊人。整个大殿里一时间静得骇人。

"好！"皇上突然一声高呼，"说得好！谁说皇室的儿女没有自由？朕就是要告诉天下，董迟公主的婚事由她自己做主，她喜欢谁，谁就是驸马！"

式嘉顿时喜笑颜开，跟着众人齐声大喊"皇上英明"，声势几乎要掀开了屋顶。

【看似完美的结局】

式嘉做梦也没想到她和周子倏会以这样的方式在一起。

皇家的亲事自然怠慢不得，第二天就有人来张罗进宫面圣的事宜。周子倏岂

会甘心任人摆布，式嘉只好向他解释自己之前的遭遇，大约是回到古代之后，发现自己与董迟公主面相极似，但公主体弱多病，一次出宫时感染了风寒，不幸去世，一班跟出宫来的侍女正不知如何向皇上交代，就碰见了她，于是她阴差阳错地成了公主。

周子倏听完，只觉得匪夷所思。但这一切由始至终，哪一件事不是叫人难以置信？光是穿越时空回到古代，就已经太过奇幻。

式嘉见他沉默，知他挑不出问题来，心中已经动摇，便又说："我知道，这些事难为你了。和一个不喜欢的人生活在一起，很难受吧？如果你不愿意，我可以立刻把你送回去。"

"也不是……"周子倏顿了顿，终于点头，"好吧。"

"谢谢你。"式嘉忍不住拥抱他。她心里很清楚，锦衣玉食的驸马待遇比起忙碌空洞的白领生活，这等诱惑绝对会让人心动。况且在失去颜宝之后，周子倏早已对生活失去了热情，回去也只是度日如年，倒不如留在古代享受荣华富贵。但话虽如此，她依然没有十足的把握，因他是周子倏，他是特别的。如果他执意要回去，式嘉也只好放手。

所幸，周子倏点了头。

他也是明白人，谁对他好他不是不知道，现在驸马的头衔摆在眼前，他只需点点头，便能一跃至万人之上。他的世界里没有了颜宝，娶谁都是一样。退一万步来讲，能回去的办法只有式嘉知道，他怎么也不能和她闹翻，眼下只好走一步算一步。

周子倏和沈式嘉就这样惊

天动地成亲了。

光阴如箭，十年仿佛弹指一挥间，式嘉已经是三个孩子的母亲，而周子倏凭着精明的头脑和卓越的见识，得到皇上的重用，虽然一直有说他来历不明的闲言碎语，但他的才能却是人所共知的。

夫妇二人皆为皇上眼前的红人，怎能叫人不艳羡？但此时的皇上已力不从心，太子又不成器，朝野间明里风平浪静，暗地里却是波涛汹涌。

一家人吃晚饭时，周子倏沉默了好一会儿，才开口说："今天兵部尚书来找过我。"

式嘉正喂最小的女儿吃饭，没有抬头，问："什么事？"

"他说他可以起个头，向皇上进言废黜太子，转而拥立我们清岳。"周子倏看着九岁的儿子，"但条件是……"

他的话还没说完，却看到儿子的身体从椅子上笔直地倒下去。

"清岳！清岳！"

请大夫诊断之后，说是中了毒。式嘉见周子倏脸色一沉，便命人跟大夫去抓药，自己拉着丈夫走到屋外，问道："你可有什么头绪？"

周子倏皱着眉说："怕是有人听到风声，担心清岳会成为太子，所以先下手为强。"

式嘉早就急坏了，一听有人存心加害，更加担心："这宫廷斗争，根本防不胜防，子倏，我们不要卷进去了，好不好？"

男子沉默不语。式嘉突然想起饭桌上他说了一半的话，开口相询，他终于坦言道："兵部尚书开出的条件是，要我娶他女儿。"

犹如晴天霹雳，式嘉顿时怔在原地，半天她才想起来，这个时代，一个男人可以拥有很多女人。她喉头一紧，声音几乎有些发颤："那么，你打算怎么办？"

周子倏没有立刻回答，抬起眼望着夜空中的圆月，然后才幽幽地说："哪个父亲不希望自己的儿子一统江山？"

【十年叹息】

周子倏的死引起朝野的极大震动。虽然皇室对外宣称是意外，但大臣们早已收到各自眼线的密报——驸马是因中毒而死，就在自己家中。

一时间，各种猜测交口相传，群臣私底下都在议论，而博得最多人赞同的说法是周子倏才能出众，十年来累积了不少人脉和威信，如今皇上迟暮，他便起了谋反之心，可能是消息走漏或者事情败露，才被皇上赐死。

众人纷纷表示惋惜，心底却都是同样的惴惴不安。如果这种猜测是真的，那么皇上的意思就再明白不过——有谁意图不轨，就算是驸马也决不姑息。想到这里，原本已经蠢蠢欲动的大臣们顿时背脊发凉，嚣张的气焰也收敛了几分。

暮色四合，房里没有点灯。式嘉独自在房里，听见身后有人推开门走进来。所有侍女都知道公主不喜被打扰，能不经通传就推门而入的，也就只剩下一个人。

"朕来看看你。"年迈的皇上温柔地看着她，目光无比慈祥。

式嘉没有说话。现在只有静坐在这房里的二人，才知晓事情的真相。亡者已逝，死未尝不是一种解脱，而活着的人，只有追忆——

那一天，式嘉看着周子倏的脸，一字一顿，心如刀绞地说："十年了，原来你还没有忘记她。"

如果不是亲眼见到了兵部尚书的女儿，她根本不会知道周子倏要纳妾的真正原因，不是为了清岳，也不是为了这个家，而是因为那个女子，眉眼间竟足似十年前的季颜宝。

"我们在一起那么多年，你还不相信我？"周子倏转过头去，不愿说起这个话题。

式嘉不依不饶："那么你就别娶她。"

"我也是为了清岳，为了我们的将来。"

"那你是非要纳妾不可？"式嘉冷笑一声，"周子倏，别不承认了，你以为我不知道，你藏着一张季颜宝的照片吧，十年来你没有一刻不在想念她。"

男子的背影顿时变得僵硬，式嘉心有不忍，口气便软下来："回去吧。子倏，我们带着孩子回未来去，好不好？我已经厌倦了无休止的宫廷斗争，我好累，想要休息。既然你不是为了她，那么就和我一起回去……"

"我不是你的玩具。"周子倏猛地回过头来打断了她的话，紧皱的眉头仿佛极度厌恶，"沈式嘉，十年前你强行把我带到古代来，而现在我好不容易习惯了这里的生活，有了权力地位，你却又要我放弃一切，你到底想怎么样？"

式嘉简直不相信他竟敢这么大声对她说话，她付出了这么多，这个男人竟然还不知足。"难道你不知道这一切都是我给你的？你的权力地位，荣华富贵，都是因为我是公主！我看得上你，你才能坐上驸马的位子！"

……

这是他们第 N 次争吵了，式嘉绝对不同意纳妾，而周子倏也坚决不肯回去，每次都只能以冷战告终，但这一次，显然还没有结束——

"公主？你是公主吗？真的是吗？"周子倏哼了一声，"兵部尚书的女儿做妾，我还觉得委屈了人家！"

"你说什么？"式嘉几乎要冲上去厮打，他却扔下一句话，转身进了书房。

"明日我会去提亲。"

这七个字像针扎入式嘉的心底，她独自呆坐了许久，直到侍女来唤她："公主，晚膳已经备好了。"

她木然地望着一桌饭菜，心中渐渐浮出了杀意。

周子倏很晚才从书房里出来，没想到式嘉竟一直在等他。式嘉见他来了，仿佛努力想忘却方才的不快，嫣然一笑道："子倏，我们一起吃饭。"

【剧终，回到原点】

式嘉看着他喝下了那杯毒酒。然后连夜进宫，跪在皇上面前。

她其实可以一走了之，但是十年来的疼爱恩宠，她不是没有感激。皇上已经老了，承受不了公主出走驸马猝死的双重打击。

怎知皇上听完并没有动怒，反而微微地笑道："董迟，你是朕的女儿，你做什么朕都会支持，都会原谅。"

"这件事你不可告诉旁人，朕自会处理。"皇上看着她，意味深长地说。

式嘉看着眼前这个深不可测的老人，恍然之间明白了，周子倏的精明能干，对皇室来说未尝不是一种威胁，如今他的死，虽是损失，但也正好用来警示群臣，谁敢图谋不轨，便是这个下场。

她突然对这一切感到无比疲累，于是对皇上说，想出去散散心。

周子倏的死对她来说，如同天空的崩塌，如同生命的枯竭，如同轮回的尽头。就像当年季颜宝失踪后，周子倏也是如此失魂落魄。如今式嘉坐在他们二人共处十年的驸马府中，只觉得万念俱灰，了无生趣。

即便宣布他死亡的人，正是自己。

但她知道，自己仍然爱着这个男子，一直爱，永远爱。

这对名不副实的父女长久地沉默，任窗外清明的月色倾泻一地，肩头上开满了时间的花。

"万岁爷，时间不早了，该回宫了。"等在门外的公公终于出声，打破了这一方难得的静谧，亦唤回了房内两人的心神。皇上长长地叹了一口气，起身道："董迟，你保重。"

那一刻，他眼里分明透着诀别。是知道自己不久于人世，还是早已看穿了眼前的女子并非真正的公主？

式嘉喉头一紧，却看到皇上向她摆摆手："不必送了，你早点歇着吧。"

她望着那顶轿子远去了，回过头，这清冷的驸马府在黑夜里显得模糊而巨大，它已然沉睡了。

他们的三个孩子，式嘉一一托付给了几位关系不错的妃嫔代为照顾，她们只当她是过度伤心，不愿看到孩子而想起死去的丈夫，都安慰她，节哀顺变。

还有什么好留恋呢？一切都只是一场梦啊。

她闭上眼睛，吹灭了最后的火光。

式嘉睡了很久很久。

醒来的时候，是从单人床上滚落下来的。十年之后，她终于又回到这个早已不属于她的家。这里显然有了新主人，所有的家具摆设都已焕然一新，却仍然让她有了想哭的冲动。

盛夏的阳光铺满了整个房间，她起身环顾四周，地上躺着主人匆忙之间碰倒的衣帽架，桌上还留着早餐后没有收拾的碗筷，以及看了一半的新闻晨报。

不知为什么，突然对这样忙碌而普通的上班族的生活感觉恍如隔世。式嘉走到餐桌旁拿起报纸，看到上面白底黑字写着：2020年7月12日。

她愣了一会，又低下头凝视手中紧紧握住的古镜。整整十年，陪伴在自己身边的，最后竟只剩下了这面镜子。她看着镜中人，这个面色灰败头发枯槁的女人，她仿佛已多年未见，却才是真正的自己，不再背负另一段命运而活着，不再作为别人而活着。泪水突然涌出她的眼眶，她终于狠狠摔掉了手里的镜子，在空无一人的房间里，纵声哭泣。

【小狸点评】：这是一个高智商的非常具有魔幻色彩的犯罪故事，薄荷天马行空的想象力让我惊叹。在式嘉心机算尽的爱情里，到后来才发现，一切都只是自己的一厢情愿，背负着别人的身份和命运而活，回到过去其实就是她迷失在镜子里的生活。

怜卿曲

文／谈么么
图／雅雯

【作者简介】：姓名谭晶晶，一个出生北方的女孩，骨子里却有些江南女子的柔情。喜欢小镇、十字路、古堡、老电影；爱极了爬满爬山虎的古老墙壁，一切有关旧的东西都很喜欢。

自古道：鸨儿爱钞，姐儿爱俏。

　　老鸨子十四娘今天算是风光了，白公馆的老爷子给了她一万银元，买走了她手上的头牌姑娘。她近半生的狐媚心得总算没传错人，看着那一身月牙白绸缎衣裳的婀娜女子，她的脸上露出掩不住的笑。

　　烟花之地岂能只卖笑，若是你有几分姿色几分聪颖，便如鱼得水。可是卖笑外竟是一技无成，不继续操这皮肉的营生，可又让她们做些什么去呢？老鸨子趁姑娘年轻，还能套几个钱，能赚点是点。老鸨子爱钱，也要给自己找个高尚的理由，不是吗？

　　"念香。"老鸨子扭腰来到夜念香的面前，看着她大眼睛含笑含俏，媚意荡漾，小巧的嘴角微微翘起，红唇微张，欲引人一亲丰泽，这是一个从骨子里散发着妖媚的女人，她最喜欢的头牌姑娘。

　　"嫁了人可别忘了十四娘，你就好了，可以荣华富贵，可怜我还要操着这皮肉生意，唉！"

　　老鸨子的一声"唉"让夜念香微微抬起眼帘，拿过一个天檀锦盒，那里是她多年攒下的钱。

　　"念香，这可使不得。"话虽如此，老鸨子却早已把它放入怀中。

　　老鸨子又为夜念香打理一番，临走还不忘在她的耳边嘱咐几句，至于说什么，就无人得知了。

　　夜念香芳龄十八，正是大好年华。人更是漂亮，鹅蛋脸上有一对小酒窝，肤色白里泛红，甚是娇美，双目犹似一泓清水。难得在窑子里的女人，还能有出水芙蓉的清透，这真便宜白公馆的糟老头子了。

　　客人使钱嫖是再正常不过的事，拈了哪枝花，惹了哪棵草，谁也别怨谁。今天夜念香的下场，她又怨何人呢？

一阵脚步声传来，她定了定神，看着老气横秋的白史元蹒跚着走过来，她做小的，没资格盖红盖头。

"念香。"一阵恶臭的酒熏味传来，看着这糟老头子，她早已有认命的觉悟。

"白爷，我帮你更衣。"她避开他，隔着一臂的距离解开他的盘扣。

"念香，以后我会好好待你，让你过着锦衣玉食的日子。"看着欺压来的身体，她有些害怕，但想到老鸨子刚刚交代的话，她只能照本分做。大姑娘上轿——头一回，一回生，二回熟，她装纯真，八成这老头子也不会信。事后，他大概认为他的一万银元是值得的，毕竟……

夜念香忍住要尖叫出声，红润的唇被咬到惨白，满是皱纹的皮肉和白玉的肌肤正好成为对比，正如他们的年纪，算起来，糟老头子可以做她的爷爷了。

夜念香从小没享受过爱，从出生到现在不知被卖了多少回，最后的记忆便停留在"销魂阁"，那是个专门为男人找乐子的地方。十四娘是她唯一有记忆的人，那个骚到骨子里的女人，教会了她察言观色，取悦男人。会来窑子的男人出手都很阔绰，尤其是对那美得出奇的女子。

十四娘藏着心眼，精打细算，把夜念香藏到十六岁才拉出来。酒色之地的男人们重金砸在她的身上，老鸨子死咬着卖笑不卖身的理，一直拖到半年前。白老头子的出现打断了她的计划，想留这姑娘在身边几年也不行。她耗不住白老头子，也不敢得罪白公馆的人，人家大发慈悲地给了一万银元，她十四娘就偷着乐吧，请问有哪个主儿会出手这么大方买个烟花女子？

白老头子年过半百，却依然不忘每晚软软香玉，事到一半，便倒下睡去。好在夜念香是无欲无求的女子，这档子事她并不看重。老爷子也很大方，珍珠玛瑙，上好缎子面料做成的袍子，应有尽有，尽是奢侈的装扮，她甚是不喜欢，就喜欢穿象牙白色的旗袍，戴白色的珍珠小耳坠。走起路来，三分做作，七分妖媚，这是老鸨子教的，改不了的，打小学的。

早春三月。

白公馆的后花园中，戏台子上，生旦调着情，引来白府的丫头们来观看。夜念香也看过去，那扭捏的动作十分不雅，行头也旧了，感觉很不舒服。

她习惯性地拿着小折扇，无心听戏，只好在花园逛逛，却被一阵悦耳的花旦唱腔吸引。她抬脚走去，那树下的翩翩男子穿着花褙的戏服，拈着梅花指略显妖娆地回眸，唱腔中夹着一股凄凉的美。夜念香不是很懂戏，在窑子的时候，有的姐妹唱过《西厢记》，好像讲的是书生与相国之女崔莺莺相爱，在婢女红娘的帮助下，相约西厢，莺莺终于以身相许，后来书生得了高官，却抛弃了莺莺的悲剧故事。

窑子里的姐妹对于这类戏比较痴迷，但她都很少听闻。可此时，这曼妙的曲调着实打动了她。

花旦咿呀咿呀地唱着，挥袖间百媚千娇，这是哪里来的戏子，为何在此地唱戏？

花旦收音，看着这边的夜念香，踩着碎步来到她的面前："七姨——"优美的唱腔从他口中缓缓而出。

夜念香愣住，她是白老头子的七房，他叫她七姨？

"我乃白家二公子，小生这厢有礼了——"他抬眼看着夜念香，眼角含情，嘴角含笑。

霎时，夜念香捂嘴一笑，他唱腔优美，行头齐全，脸上画着油彩，难怪她没认出他是白家的二公子。

"白二少，有礼了。"她不懂唱腔，只能对白。她甚至有些后悔，为何当初没和十四娘学唱腔。老鸨子的唱功了得，可是她那时不愿学的原因是戏子无情，沦落风尘已经无情了，何必再为自己添一笔浮云呢？

"七姨为何不去听戏？"白少荣收起唱腔，他以为她会对戏，结果有些扫了雅兴。

"在听，你刚刚有唱。"他唱得比梨园的戏子好听。

"哦？你会听？"白少荣眼中放着光彩。

夜念香摇摇头："太专业我听不懂，听过梨园戏子的，你比他们唱得好。"

白二少更是惊奇地看着她，家中很少有人和他谈戏，除了他是二少的身份，多半他是一个戏痴。

"七姨爱听我唱戏？"

"嗯。"

夜念香看着他，这个比她年长一轮的男子是白老头子二房生的。二姨太前年死去，听白府的丫头说是抽大烟死的，死的时候只剩皮包骨了。他叫她七姨，这是白府的规矩，不论年纪，只按辈分。可是她依然有些别扭。

"那我继续唱给七姨听，你要听哪个曲目？"

夜念香略想了一下，便说："《西厢记》吧。"这个她听得最多，也许还可以和他攀谈几句。

"好——了。"白二少掩袖退下，在离她十步的距离缓缓地唱着。

白二少咿咿呀呀地唱着，挥袖，抬眼，转身，在春风习习的三月园林中是那样的和谐。

白二少是唱痴了，夜念香是听迷了。

白二少的房间传来咿咿呀呀的声音，那是梅花调，唱的是《红楼梦》。

"七姨要不要学戏，我可以教你。"白二少娇媚地笑，此时他没了装扮，依旧像楼台的戏子，身上早就有了戏子的味道。

自从那日花园楼台后，白二少就开始拉着夜念香唱戏。他是爱唱，唱给她听。她是爱听，唱给她的曲目她都记得。

"我学不来。"唱唱小曲可以，唱戏可不行。

"七姨何需谦让。"白二少拈起梅花指，媚声地说。

说着他就接着唱起了《红楼梦》。行家的梅花调，讲究"悲、媚、脆"，白二少算是做到了。唱到动情处，他拉起夜念香，希望她与自己一同唱。

夜念香实在是学不来，怕扫了他的兴致，于是她唱了一段京韵大鼓。

这是十四娘教的，老鸨子是京城人，听说祖先在京城是大户人家，后来落没了，来到上海，沦落风尘，却依旧怀念家乡，每次唱大鼓都会哭。这也是夜念香学的原因，总要在冰冷人间给自己找点温暖。

夜念香的唱腔有着一份慵懒，嘹亮的嗓音却中气十足，娇懒的声音唱出了特别的味道，深深吸引了白二少。

"七姨。"白二少突然抓住她的手，"你唱得太好了，我一定要教你唱戏。"

夜念香略显惊讶，看着他抓着的手，面泛桃花红。

白府的丫头喜欢嚼舌根，夜念香和白二少在一起时间久了就会招话柄。一个

年轻貌美，一个血气方刚，时间久了岂会没事？

客厅里的白夫人和三、四姨太太嗑着瓜子，说着笑话。夜念香经过的时候，淡淡地看了她们一眼，绕过她们的身边要去花园。

"小七，又去花园呀。"三姨太太尖锐的声音响起，满眼的鄙夷。

"花园有宝呗！"四姨太太扇着手中的桃花扇，狐媚地看了她一眼。

夜念香站在那里，她平时很少与她们说话，尚且还分不出她们谁是谁。她开始觉得这几个姨太太着实不咋样，甚至不如她认识的姐妹。

"小七……"坐在中间的女子开了口，过多的脂粉堆在她的脸上，说话时，似乎能感到屑状的东西在簌簌下落。

"你现在的身份不似以前，这里是白公馆，不是你的窑姐窝。你是老爷的姨太太，也该有个规矩，要注意自己的身份，不要招人的话柄。"白夫人看着她白里透红的小脸，想当年自己比她还要俊俏几分。

可是看着她穿着水仙的红缎子，胸前别着珍珠镶贝壳的胸针，白皙的皮肤上就涂了淡淡的胭脂，柔发如云，挽成了一个发髻，有着妖娆又动人的美，白夫人心里就有些气，更多的是妒意，毕竟再怎么涂脂抹粉，也比不过一个如花似玉的姑娘。

夜念香站在那里，回屋也不是，出去也不是。她低头看着新换的缎子衣裳，她特意选了这件衣裳，白二少要唱新的段子给她听。罢了，她折上小扇，迈着小步走了出去。

"真是狐媚子，从里骚到外。"不知哪位姨太太的声音在夜念香的背后响起。

花园中没有了戏台子，却见一位年轻的花旦在咿咿呀呀地唱着。她远远地听着，听出来了他唱的是《牡丹亭》，丽娘和柳梦梅生死离合的爱情故事。他唱出了凄美，唱出了神韵，唱出了味道……也拧紧了她的心，让她眼里的泪流了出来。踩着碎步走来的白二少，看着她泪痕斑斑的小脸，细语道："七姨，你莫要哭呀——"

夜念香觉得有些羞人，怎么可以当着他的面哭呢？她别过头，不去看他的脸。

白二少不许，用长袖抹去她的泪，胭脂湿润了，她的小脸一片绯红。

"二少爷……"

"我许你叫我少荣。"看着她泪眼婆婆，他语气温柔地说。

她有些痴痴地看着他，脸上一阵火热，她从来没这么近地看着一名男子，就连白老头子都没看过。其实是她不想看，满脸皱纹的丑态，让她作呕。如果不是报答十四娘的"恩情"，她是不会出嫁的。谁说窑姐无情，妓女无义？想想那杜十娘便知道了。

"二少爷，这样叫你比较合礼法。"她退了出去，心里有着莫名的害怕。她垂着眼，白二少不语，她不知道他在想什么。

"论理法，我也应该叫你七姨娘。"他故意加重了"娘"字，转身拂袖而去。

她愣住，抓紧了手中的折扇，风早已吹干了脸上的泪。

白老爷子最近时常晚归，姨太太们特意来告诉她，老爷子在外面又有了女人，弄不好还会弄一个八姨太回来，她的好日子也到头了。

她扇着桃花扇，坐在摇椅中，最近身体偶感不适，她甚是不爱动弹。她捂住胸口，一阵恶心的感觉又袭了上来。想着刚刚她们的告诫就觉得好笑，以为烟花之地才会争男人，"销魂阁"是一个不入流的妓院，而这里呢？与古代的皇宫那个"大妓院"比起来，这里也毫不逊色。

八九月的天气是炎热的，一把折扇岂能解热，她解开领间的两颗盘扣，瞬间释放了热气。

她眯着眼，轻摇着桃花扇，身子略见沉重，使她想睡。忽然上方传来一阵烟气，她轻咳，看着头顶的男子。

"白二少？"烟雾缭绕中的他看起来有些迷茫。

白二少坐在她对面，拿着烟杆，轻轻地吸着。

"你说我唱得比梨园的戏子好听？"他瞅着她，透过烟雾求证道。

她静静地看着他，他抽烟膏子，难道他不想唱戏了？

"梨园的师傅说我唱得不好，没资格进梨园。"他缓缓地吐着气，有些委屈地看着她。

"你要进戏班子可以和我说，我可以……"

"我不需要别人帮，你要怎么帮，以窑姐的身份，还是白公馆的七姨太？"他扔掉烟杆子，大步走到她面前钳住她细白的手腕。

"你也把我当成那些戏了？"他尖锐的声音就像唱腔。

"我……没有。"他的态度着实吓了她一跳。更多的是他刚刚的话，她以为这个家里会有人懂她。她从"销魂阁"出来是清清白白的，他唱腔中的女子可有她这样？世人以为戏子是在唱戏中无情，可他句句话都要了她的命。

"谁信呢？"他不屑地说。

"那你呢？把我当什么了？'销魂阁'的窑姐，还是你的小七姨娘？"她苍白的脸上微有怒气。

"我把你当成我喜欢的人，我的七姨娘。"白二少恶狠狠地说。

夜念香愣住了，她有些不知所措，两个人对视的目光被走进来的人的脚步声打乱了。

"七姨太……"白府的丫头突然停在门口，看着这情景，愣了一下然后低下了头。

夜念香抚上自己的衣领，看着丫头："有事？"

"白老爷差人送来了绸缎，白夫人说让各位姨奶奶下去选。"丫头恭敬地说。

"知道了，你先出去吧。"夜念香看到丫头出去后，回首看着白二少。

他拾起烟杆敲了敲，看看夜念香，说："七姨不懂我。"

他走出去了，留给夜念香一个寂寥的背影。

夜念香有了身孕，这个消息在白公馆传开了，姨太太们蜂拥而来"嘘寒问暖"，她只管冷笑。白老头子是有福气，七个老婆一人生一个孩子，他上辈子是积德了，老天也厚爱他，硬是给他康庄大道走。

夜念香眯着眼睛，一阵蹒跚的脚步声传来，是白老爷子。

"老爷子。"她起身，却被白老爷子拦住。

"别起，你有孕在身。"

"我没事，才两月大，不碍事。"

"你怀的是我的骨肉，要注意休息。来，把这喝了。"白老爷子端着药递到她的面前。

"这是？"有些难闻的味道，让夜念香很不舒服。

"滋补的。"他硬是放在她的面前，眼神依旧严厉。

夜念香拗不过，他也是一番好意，毕竟肚子里是他的孩子。他这样做甚是为肚中的人着想，她的感受又如何呢？

苦药下肚，不舒服的感觉袭了上来。

"少荣喜欢唱戏，听说他经常来拉你唱戏。"

夜念香的心"咯噔"一下，自从上次那事之后她就再也没和白二见过面。有时她能听见园子里传来咿咿呀呀的声音，可是大多数时候，她知道他在房间里抽着烟膏子。

"少荣虽说比你大，但还是个孩子，那孩子除了唱戏什么也不会。"白老爷子的话中有话，她在窑子里长大，自小便会察言观色，怎么会不知道这话中的意思呢？

"……"夜念香想要说什么，却感觉肚子一阵疼痛，她皱着眉，额角流着冷汗。她抓紧了白老爷子的衣裳，似乎觉察到什么。

"你年纪还小，可以晚两年再要孩子，我是为了你好。"白老爷冷漠地说。

他走出门，叫了两个使唤丫头处理后面的事情。

七姨太的房间里传来刺耳的叫喊声，白二少在房间里愣了一下，但随即他握紧烟杆闭上眼睛，任烟雾缭绕。

这等的不信任对夜念香是种羞辱，她没想过要孩子，可是天大的厚爱她岂有不收的理？身体的疼痛让她不堪忍受，她想到了白二少，不顾丫头诧异的眼光匆匆跑了出去，衣衫还残留着血渍。

她跑来白二少身边，抢过他的烟杆抽了两口，咳嗽了几下。她萎靡地坐在地上，心头有着说不出的悲凉。

白二少来到她的身边，摸着她的小脸，一片冰凉。

"七姨——你莫哭呀……"

白二少咿咿呀呀地唱着，柔声细语。他心疼地看着她，戏里的说辞就像在告诫一样。他——白二少是有情的，他把他的情唱到了戏里，在戏里有他和她。

夜念香哭了，白老爷子不信她，打掉了她的孩子。抽着白二少的烟，她的心更疼了，这里有他的情，有他的痴。他把情唱到了戏里，他把痴绕上了烟杆子，随风而起……

她哭了，悲惨地哭了，投了他的怀，入了他的抱……所以她没看见白二少眼里的一丝柔情。

白二少继续抽着烟，唱着戏。他的烟瘾比以前更重了，戏不再有味道。他想进梨园，一次也好，站在真正的戏台上唱戏。他以为自己没戏了，了然一生只能这样唱了。可是，一天梨园的弟子告诉他，有一个角让他唱，是丽娘，他最喜欢的。

他去告诉夜念香，学着唱腔咿咿呀呀地说。他拉着夜念香，满院子跑，不管丫头们投来的眼光。

"七姨娘你来听我的戏，我留了雅座。"他笑，满是开心的笑。

"嗯。"她也笑，满是悲伤的笑。

梨园的班子很是热闹，来了很多的人，白二少如了愿。他清澈的声音打动了很多人，让人看到真的丽娘，他痴痴地唱着，望着雅座空无一人，他漠视了。戏门外的女子痴痴地听着，她无视着，对着走来的男子。

他环着她的腰，细语耳畔，他是梨园的老板。

白二少唱红了，白府的院子里再也听不到他的唱腔，夜念香拿着小折扇坐在园中椅子上，她斜着身子，吸着烟，这上面有白二少的味道，有他的痴与情。她坐累了，换了一个姿势。听说以前的二姨太太就是死在这张椅子上的，白府的人除了白二少没人敢坐这张椅子。她笑，凄凉地笑……

白二少从梨园回来，经过院子，来到她的面前。

"七姨娘从没来梨园看过我。"他声音里有怒气。

夜念香没作答，她的心拧得疼，手指拿着烟杆不停地发抖。

"七姨娘不想听我唱戏了？"

她抬眼看着他："白二少只给我一个人唱吗？"他是唱给所有人听的，不是只有她一个，而戏中的丽娘却只痴迷一个人。

白二少愣了，白嫩的脸上有看不出的表情。

"二少爷不必在意我说的话，你如果想让我去，我去便是了。"她弹弹烟灰，抬眼看着他。

"七姨娘不必勉强去的。"他气，转头不看她。

"你如今是红角了，不在乎七姨娘的想法了。"她也气，在悲哀里气。

白二少回头看着她，那个百媚的女子如今不再有生色，脸色略见惨白，他有些鄙夷地看着她，一如看到当年他的母亲。

"一个烟花女子的想法我不在乎。"他转身离去，将背影留给她。

她颤抖的手失掉了烟杆子，她失笑，笑中夹着泪，比那杜十娘还惨。

白老爷子真的娶了八姨太，是个妖娆妩媚的女人。

八姨太进门那天看着夜念香，然后在老爷子耳边低语，老爷子看了她一眼，没多说话，和八姨太洞房去了。

夜深了，夜念香在屋内抽着烟，她萎靡着，不停地哆嗦。

房门轻轻开启，丫头端着糖水进来。

"七姨太，这是老爷给你的。"

夜念香看着糖水，微微苦笑，清甜可口似最美的毒药。她摇步来到园子的椅子上，弹弹烟杆重新吸了起来。烟雾下，她隐约看见一名女子，摇曳生姿，和一位戏子在对戏。转身，回眸，甩袖……那名女子像是极喜欢用唱腔说话的男子。

她有些迷了眼，手中的烟杆落了地……夜风吹过，飘落了一地的枫叶……

夜念香的葬礼，最不开心的人是八姨太，她的婚礼成了别人的葬礼，她出生世家，对这事晦气。

"死有余辜。"她险恶地说了一句。

白二少看着她，眼中夹着怒气。

"她在外面偷人，难道不是死有余辜？"看着他甚是不解的神情，她说道："我去梨园听戏，在门外看见她和梨园的老板上了一辆车，想也知道在做什么。哦，对了，那日是你第一次登台唱戏。"

白二少听着她的话，脸色乍红乍白，他疯了似的跑到园子，看着空无一人的椅子，唯有留在地上的烟杆子。

他红了眼，动了气，忍住伤，咿咿呀呀地唱着曲子。没了行头，没了装扮，没了转身的回眸……没了那听戏的女子，他的七姨娘……

他拾起烟杆子，这次他不吸了，他捻起烟草，那毒人的烟草，食进腹中……

"七姨娘，我的戏只唱给你一人，你可愿意听……"

一声声唱腔回荡在这个园子里，如午夜惊魂……他唱着《惊梦》，这次他要和夜念香在梦里相聚…… ▣

怜卿曲

图／指尖糖

文／长夜习习

剜心

长夜习习，女，巨蟹座。最喜欢做的事是在一个安静的环境下，听音乐，写东西，性格内外双修！

【写作感悟】：一直觉得写东西是个安静且真诚的事儿，这是我的信仰。无论在哪儿，只要足够安静，我的思绪就会翻腾！我笔下的人物都带着我和我身边人的影子，我的朋友看到我的小说都能在里面找到属于我和他们的东西。我在此基础上加以改造，或轻描淡写，或添油加醋，便成了一篇小说。在小说阅读网写小说，就像把心剖给读者看一样！所以，作为一个好的写手，真诚是必须的！我还不是一个好的写手，但是我正为此而努力！

我一个人来到 T 市的时候，这里正在下大雨。那雨铺天盖地地下，黑压压的云恨不得把 T 市压到地底下去。那种压迫感让人透不过气来。

"就是这里了。"房东老头打开门，摸索着按下墙上的开关。

我走进这套昏暗的小房子，绕着这一室一厅转了一圈。用手指擦了一下卧室里那张正对着床的梳妆台上的灰尘，说："行，就这儿了。"

我喜欢这儿，喜欢这里推开窗就可以看见闪烁的霓虹灯。我更喜欢这套房子白色的墙面和这张与房间格格不入的黑色梳妆台，上面张牙舞爪的花纹仿佛在诉说着它的久远。

"这是民国时期的东西，我那没地方放，先放在这里。钥匙给你。这是租房协议，你看一下，签个字。"

我接过协议，在上面签下我的名字——于文静。

终于房东老头走了，我讨厌他说话时满嘴的黄牙。

房子里除了卧室里有一张床、一张梳妆台和一个旧衣柜外，什么也没有。客厅里空荡荡的。我喜欢这样简便，不要多余的废品！

放下包，我从旅行箱里拿出一瓶消毒水，带上口罩，用力将消毒水洒向房间的每个角落。

我喜欢这个味道，所以我选择了医生这个职业！

今天是我第一天来医学院报到。

"对不起。"我对挡在我前面的一位身穿火红色连衣裙的女生说，"请让一下。"

女生让开了："你是新生吧？我也是。我叫方芸，咱们交个朋友吧。"

我没有回头看她。我喜欢红色，因为它像血。但不是火红，因为这种红太热，会灼伤我!

"你别走啊。喂!"

导师说,上解剖课是为了让我们了解我们以后面对的是什么。他希望我们在这第一节课之后,再上解剖课的时候我们可以像对待恋人一样对待我们面前的每一具尸体。去了解它然后爱上它!

我的感觉是,难道我们要亲自划开自己恋人的肚子吗?

导师说:"对! 因为我们爱它,所以要认识它!"

我曾听说过这样一个故事,一个女孩爱上一个男孩,这个男孩却爱着另一个女孩。女孩很无奈,她爱他却不能拥有他。女孩用计谋使男孩回到自己的身边,男孩却说:"我的身体虽然属于你,但我的心永远不会属于你!"女孩听后开始恨这个让自己爱得疯狂的男孩。她杀了他,把男孩的心挖出来吃了下去。她说:"你的心在我的身体里,这样就不会有人把它夺走了!"

导师说:"是的。如果你愿意你也可以这么做,但最后你将会被人送进疯人院!"

同学们大笑起来,震得解剖台上的尸体也跟着动。

我想,他们一定都听过这个故事。的确,女孩被当成疯子送进了疯人院。事实上,她的确疯了!

轮到我了。我拿着明晃晃的刀站在尸体前,轻轻地把刀刃指向那块光滑的皮肤。多年轻的女孩啊,不知道是怎么死的。死的时候她是不是很痛苦?她一定很痛!

刀刃下是涌出的血液,不再是鲜红,而是冰凉冰凉的! 我不喜欢!

导师说:"把心脏拿出来。"

我把手伸进那血糊糊的胸腔里,摸到了心脏。突然,它似乎在我手里颤动了一下。我愣在那里。

导师重新强调了一遍:"于文静同学,请把心脏拿出来放进你身后的容器里!"

我站在那里无法动弹。那颗心脏确实是在我手里跳动!

我的同学们像看一个笑话一样地看着我,看我怎么出糗。在那一双双不和善的眼睛的注视下,我看到一双清澈的眼睛。

导师用力地拍了一下解剖台,大吼一声:"于文静,你在想什么?"

导师那猛烈的一拍,把躺在解剖台上的尸体给震得坐了起来,我的手还紧紧地握着那颗本该停止跳动的心脏。尸体躺下了，可心脏被我扯了出来，连带着乌黑的血管。

所有的人惊呆了。解剖室里突然只剩下一种声音，是我手上的心脏跳动的声音。

"啊——"尖叫声此起彼伏，解剖室里乱成一团。

导师连滚带爬地随着尖叫声奔跑消失在解剖室门外。

"你真调皮。"

拥有那双清澈的眼睛的女孩从解剖台上坐了起来，从我的手里接过心脏放进盛满了福尔马林溶液的玻璃容器里。

忽然，我猛地一惊，睁开眼睛。原来是个梦！

一身火红的方芸在我对面坐下，手里拿着一本英文版的《老人与海》笑着看向我："于文静，你真行！在他的课上你也敢睡？你不怕他把你拖进解剖室把你解剖了吗？"

我看了看方芸的脸，面无表情地问："我们很熟吗？"

方芸反问："你说呢？"

我笑了起来："脸皮真厚！走，请你吃饭。"

我和方芸是不是从那天开始成为好朋友的我不知道，只知道她从来不穿白大褂。为了这个，她和导师差点打起来。但是方芸是以全校第一名的成绩进入这所医学院的，所以，她成了另类。

坐在床边，方芸道："你租的房子怎么像个太平间啊？"

我说："太平间里有尸体，我这儿可没有。"

方芸指着那张梳妆台说："这个东西你怎么对着床？"

"不对着床，对着哪儿？"

方芸看了看卧室，叹了一口气："也对。反正你客厅空着，搬客厅去吧。"

我耸了耸肩："就这样吧，挺好的。"

对，我喜欢这样。这面镜子让我突然有了一种不一样的感觉，和它在一起，我一点也没感觉到孤单。我总觉得这个房间里除了我还有一个人，那是我在镜子里的影子。我最喜欢的，且每天必做的一件事就是拿着梳子梳我及腰的长发。我就那样坐在那里，看着镜子梳我的头发，一下，一下，一下……

方芸嗅了嗅我身上、床上和空气，道："你怎么老爱把自己家里弄得跟医院似的？女人应该香喷喷的才对！"说着，方芸从包里拿出一瓶香水来，对着我一阵猛喷："来来来，我给你香香！"

我尖叫着躲开了，惊恐地看着方芸手里的香水："不要过来！不要过来！"

方芸被我吓了一跳："怎……怎么了？"

"不要过来！"我立刻制止方芸想走近我的脚步，"我……我对香水过敏！"

方芸赶紧收了起来，拎着包用力地扇空气，一边扇一边说："哪有女人对香水过敏的！真奇怪！好了，没有味儿了，你可以过来了！"

我拍了拍胸口，小心翼翼地靠了过去："对不起。"

方芸理解地拍拍我的肩膀，说："没关系。我虽然很好奇，但我知道你一定有一个令人很伤的原因！"

我没说话。

伤？什么是伤？活着的人说是伤了才会痛。那是因为人体除了毛发和指甲之外，存在着一个叫做神经的东西。它能感知冷热，能感知爱恨。如果它被人体不能承受的力量触碰，就会将这个讯息由一个叫做神经末梢的感官神经传导给大脑，大脑就可以分辨出被触碰的部位，这就叫做伤痛。伤痛还分流血和不流血两种；流血又分意识流血和形体流血两种。所以伤痛，是一个复杂的东西！

导师在前面走着，穿梭在尸体储藏室里。这些尸体被泡在一个个大玻璃容器里，千奇百怪。有断了胳膊、断了腿的；有掉了半个脑袋的；有五脏六腑都漂在溶液里的，等等。空气里弥漫着福尔马林和尸体的气息。

导师拿着一根教棍像在菜市场拣菜一样在一大堆尸体和内脏里拣来拣去，最后，他走到正中间的一具很完整的男尸前，道："这具尸体就是我们今天的解剖课的内容。前面几节课我们一直在用标本、图片以及解剖影像来了解解剖这门学科，今天我们应该实践了！这具尸体正在等待你们亲手为他安一个新家，就是那里。我们要把他的内脏一一分类，做成标本。好了，你们也看了不少例子，谁先，来试一下？"

导师指的那里，就是一旁架子上大大小小、盛满福尔马林的容器。

"怎么了？怕了？你，你，你，你们三个谁来？"

三个男同学你看我，我看你，没有一个愿意接过导师手里的解剖刀。

"我来。"我走到导师的身边，接过解剖刀走向那具冰冷的尸体。这个男孩子不过十六七岁，死了，真是太可惜了。

同学们吃惊地看着我熟练地把刀刃划向尸体的鼓鼓的腹腔，看着我波澜不惊地看着从尸体的腹腔里涌出的紫黑色、散发着恶臭的血液。

终于有人忍不住了，捂着嘴巴跑了出去。

导师满意地点了点头，像欣赏一件艺术品一样看着我和我手中刀刃之下的那具苍白的尸体。

我把手伸进黑洞洞的胸腔，那个梦里的情景并没有出现，我手心里是一颗早就冰冷的心脏。

我慢慢地把心脏从尸体的胸腔中扯出来，割掉那连带着的血管，放在身边的容器里。黑紫色的血液在容器的液体里快速散开，那颗失去了活力的心脏似乎又恢复了跳动。

我的余光看到围着的同学都已经跑开了，连方芸也忍不住扶着墙呕吐起来。我不知道为什么我没有吐，甚至一点恶心的感觉也没有。我似乎有些欣赏，欣赏这些器官，这些精致的内脏在我们的身体里组合了一个多么奇妙的世界！是它们源源不断地供给我们生存所需的一切，我们才能在这个世界上不断地繁衍生息！

导师赞赏地看着我，说："非常好！继续吧！"

我非常感激，因为这种待遇不是医学院里的每个学生都可以享受到的！

我又重新举起了手里的刀子。肝、脾、肺、胃、肾，以及那一颗已经变黑的胆，都一个一个被存放进那些为它们定做的容器里。

完成一切，我放下手里的解剖刀，导师为我鼓起了掌。

这一瞬间，我仿佛成了万众瞩目的明星，这里便是我星光闪烁的舞台，我手里的刀就是我的麦克风！我的心底忽然涌出一条自豪的小河，我轻轻扬起嘴角。我找到了我的价值，我选择这个职业是对的！

我没想到我出名了。我成了学校里的风云人物，方芸佩服我佩服得要拜我为师！我不明白，只是一具尸体，他们在怕什么呢？这些内脏我们都有，以至于我们的餐桌上也有，他们在恶心什么呢？

六

天晴朗得像一块蓝玻璃。

我走在学校通往我住处的一条小胡同里，突然从一人多高的墙头上蹦下一个人来。

"于文静？"

"对。"

"我叫连尹天。"

方芸说，连尹天的名字是天下第一怪。没人会叫"连阴天"这个晦气的名字。连尹天不得不进行第N+1次解释。

"我爸姓连，我妈姓尹。就是这样！"

连尹天说他不喜欢方芸，因为方芸每天都穿得像一只火鸡，还有她身上的香味。他说，他喜欢我的白色的衣服和身上的消毒水味儿。

我感动了。连尹天，他是懂我的男人！

连尹天："你觉得医生像什么？"

我说："像什么？"

连尹天："他既是天使也是恶魔，他手中的刀在哪只手里握着便注定它是救人还是杀人！"

我不解："什么意思？"

连尹天："知道吗？在我的家乡有这么一个传说——医者是天使和恶魔的孩子，他的右边是天使，左边是恶魔。看，如果这把刀在我的右手里握着那就是救人，如果在我的左手里握着那就是杀人了！"

我道："难道医生里的左撇子都是杀人凶手？那右手握刀的医生就不会杀人了？"

连尹天："不，我说的只是一个传说。但是这把刀，真的可以救人也可以杀人！"

我点了点头："说得对！"

"文静，你看那是什么？"方芸站在走廊上惊奇地叫着，我的目光顺着她的手看向教学楼前的草地，"是'连阴天'，他在干什么？"

连尹天手里举着一把刀，刀刃上滴着红色的鲜血。他冲我大声地喊："于文静，你不是说你喜欢血的红色吗？"

我狂奔下楼，连尹天手上刻着一个红色的"静"字冲我笑。

我大声骂他："你疯了！"

他开心地笑了起来："我爱你！"

我扑进了他的怀里："如果你敢背叛我，我一定会学那个故事里的女孩把你的心挖出来！"

"好！"

夜，一个很安静的夜。

连尹天半倚在床上摸我的头发："我喜欢你的长发！"

我笑了笑，习惯性地拿起梳子开始梳我的头发。

连尹天突然把我抱在怀里，狠狠地吻住我。

我笑着把他推开，用手指指着他开阔的胸膛："这是心脏……这是肺……这是肝……这是胃……这是肠……这是肾……尹天，你说新鲜的内脏是什么颜色的？"

连尹天把我的手按在他的胸口上："是鲜红的，热的！"

"一定很美吧？"

"也许吧！"

连尹天掀开被子抱着我，这样赤裸的我们就不会因为夜凉而感到冷了。

我眯着眼睛看着梳妆台上镜子里的自己，连尹天低着头用力咬我的耳垂，镜子里的我一下子变得苍白起来。

不止一次，我看见镜子里的影子在跟我说话。她拿着解剖刀冲我冷冷地笑，用冰凉的眼神看着我和连尹天亲热。我不怕她，我把她当成了我的亲人，我在这世上唯一的亲人！可当我清醒的时候，镜子里的影子还是和我没有任何区别的复制品。

"亲爱的，我爱你！"

"我也爱你。但如果有一天你背叛了我，我一定会杀了你！"

"你放心。如果有一天我背叛了你，我一定不会躲开你伸向我脖子的刀刃！"

爱情是什么？是我和连尹天这样吗？方芸说：不，爱情是一只披着七彩霞衣的吸血蝙蝠。看着华丽，实质恐怖！它吃人不吐骨头，最后还可以擦着血糊糊的嘴巴去对另一个人说出不知羞耻的甜言蜜语，说我可以带你去飞！

解剖室里只有我和连尹天两个人，对着面前横躺着的尸体，我们握紧了手里的解剖刀。

"亲爱的，我们可以开始了。这是一种享受不是吗？"

"他会疼吗？"

"怎么可能会疼，它是一具尸体！它已经没有了生命！"

"可他有灵魂！"

"亲爱的，你怎么了？平时你可不会这么说！"

"对，因为我突然想到也许我们在不久之后也会躺在这里，被人划开肚子把内脏一个一个地取出来，再浸泡在冰冷的溶液里。如果我们有灵魂，我们的灵魂会痛吗？"

"也许吧！"

我看到连尹天的眼睛里露出饥饿的狮子看见食物时的那种兴奋的目光。突然，我的心颤抖了一下，在连尹天身上我看到了另一个自己正在挖开他的后背，从里面取出一个个正在跳动的、鲜红的内脏。而连尹天正扑在尸体上用力地撕咬着，尸体的模样竟然是方芸！

"啊！"我大叫了一声，向后退了一步，正撞上突然出现的方芸，"啊！"

方芸"嘘"了一声："小声点，别把他们吵醒了！"

"谁？"我四下张望了一下，除了尸体就只有正在专心解剖的连尹天。

刚才是幻觉，是那个盛着福尔马林的玻璃瓶给我的幻象。

方芸神秘地指了指四周，道："就是他们。看，他们在看着你呢！"

我回头一看，那些浸泡得已经变形了的尸体突然把目光全部集中在了我的身上。

"尹天！"我转身去找连尹天，却看见连尹天紧紧拥抱住方芸，两个人忘情地拥吻着。

我愣在那里。

突然，一个熟悉的声音在我的耳边响起，所有玻璃瓶里的尸体都变成了我的模样："杀了他！他背叛了你！杀了他，他背叛了你！杀了他！……"

"不！"我捂着耳朵，紧紧地捂着，可那个声音还是拼命往我的耳朵里钻，冲击我的耳膜！

方芸挑衅地看着我："你，输了！"

"啊！"我猛然从床上一跃而起，天已大亮。我擦去额头的冷汗，松了一口气。

只是做梦而已！

"丁零零……"

上课铃响了，我看了看身边的空位心里纳闷，方芸这几天老是旷课，也不知道去干什么了。

下课铃一响，教室里就没几个人了。我赶紧收拾了一下，小跑向图书馆的方向。

图书馆和解剖室只有一墙之隔，但是要转两个弯才能找到解剖室的门。

站在图书馆的门口，我好像看见拐角处有个火红的身影。我想了想，还是追了过去。

火红的身影消失在解剖室的门外。

解剖室里阴暗潮湿，没有人敢一个人到这里来，当然除了我，但现在似乎还有一个人和我一样大胆！

解剖台前有一层帘子，我走过去轻轻地掀起帘子的一角，一件火红的连衣裙被抛了出来。

"亲爱的，你确定要在这里吗？这里可是解剖台！我一不小心把你当成尸体解剖了怎么办？"一个熟悉的男声传了出来。

"那我也愿意！你就是把我的心肝脾胃肾全部拿出来我也不会生气，我的就是你的！"

"方芸，文静知道了会杀了我们的！"

"你怕了？"

"不，不是怕。我爱她！"

"你爱她？别开玩笑了！你真是爱她吗？只有你自己最清楚。而且，不要在一个女人面前说你爱另一个女人！这是大忌！身为情场高手的你，不会不知道吧？"

"你知道我是怎么想的？"

"我不知道你是怎么想的，但是我知道她是怎么想的。她就是一个神经病！而我不一样，我是一个正常的女人！我不会像她一样，一个人总是对着镜子说话，也不会疯狂地去切割那些冰冷的内脏！她就是一个疯子！"

"我不许你这么说她！"

"生气了？心疼了？亲爱的，现在这里只属于我们两个。在只属于我们的空间里，我们谁也不想，只想我们彼此！"

……

我没有掀开手里的帘子，没有冲进去，我不知道为什么在这一刻我有一种很轻松的感觉。

我悄然退出了那个只属于他们的空间。

对，我是个疯子！我的确是个疯子！

我八岁那一年，亲眼看见父亲的刀刺进母亲的胸口。他红着眼睛，又把刀指向了我。

我很幸运，被随后赶到的警察救了下来。我的父亲没有被关在牢里，而是关在疯人院里。而我，被送进了孤儿院。

我住的房间里加上我有四个女孩，我是最后加入的，所以是她们欺负的对象。她们会把洗脚水倒在我的床上，往我的鞋里塞毛毛虫。她们会让我给她们倒夜壶，如果一有反抗她们就会一起把我扑倒，然后对孤儿院的阿姨说是我不小心摔伤的。我忍着，一直忍着，我不知道我要忍到什么时候！我在等父亲，等他来接我！我会对着镜子说我的心事，说我总有一天会长大，等我长大了她们就不敢再欺负我了！镜子成了我的伙伴，最好的伙伴。我笑它陪我笑，我哭它陪我哭！

突然有一天，她们不知道从哪里抓到一只青蛙。她们摔了我的镜子，用碎片划开青蛙的肚子，把它的内脏全部挖出来让我把它们吃下去。还好阿姨及时赶到了，她们便把一切推到我身上。阿姨非常生气，狠狠地打了我，罚我不准吃晚饭，还得把所有的碗都洗了。我忍着身上的伤，一直洗呀洗，直到深夜。

那天的月亮特别亮，特别圆。地上镜子的碎片在月光下反射着柔和的光。我跪在地上，轻轻地把碎片捡了起来。我的脸映在碎片上，突然我的影子对我说话了，它告诉我，我要反抗！对，我要反抗！我必须反抗！我擦干了眼泪，拿着映着我的脸的镜片走向正在酣睡的她们。

镜子说："去划断她们的喉咙！"

……

镜子说："去划断她们的喉咙！"

……

镜子说："只有这样她们才不会再欺负你！"

……

镜子说："好，对。就是这样！"

……

第二天，我被送进了疯人院，我好奇地看着穿着白大褂的医生给我看这个看那个，但是我一句话也不说。我觉得没什么好说的，都是简单的东西，三岁的孩子都会。

医生惋惜地叹了一口气。

在疯人院里，我看到了正拿着刀比划大树的父亲。他也是一位医生，是那种给人开刀做手术的医生。那些和他一样穿白大褂的人说他疯了，他是个疯子！

"爸爸。"我走了过去，拉着他的衣角，"爸爸。"

父亲低头笑了："你手里是什么？"

我把手伸给他看，这个是我在隔壁老奶奶的桌子上拿的："是我的朋友，它叫镜子。和我的名字一样。"

"给我玩玩好吗？"父亲依旧在笑。他笑得和以前一样，他怎么可能是疯子呢？

"不行，这是我的！"我向后躲开了。

"给我！不然我就杀了你！"父亲突然变得凶狠起来，挥着刀冲向我，"杀了你！杀了你！"

赶来的医生给父亲注射了镇静剂，也给我注射了一针。

我迷迷糊糊地告诉医生："我没有疯！"

朦胧中，我听见护士们在叹息。

"真可怜，多漂亮的小姑娘啊，怎么会疯呢？"

"不疯能那么残忍地杀害三个和她差不多大的孩子吗？"

"听说是她父亲遗传的！"

"可以遗传吗？"

"可能吧，不然这小小年纪的怎么会疯呢？"

"也对。能治好吗？"

"可以治好，但是时间很长啊！"

"唉，可惜了！"

可惜？有什么好可惜的？我又没疯！我很正常！

事实证明我很快就出院了。我被给我治疗的医生收养，他们夫妻没有孩子，我就成了他们的女儿。我一直有一个梦想，就是当一名医生！可以给病人开刀做手术的医生！

我健康地长大了，我一直都很正常！我原本就是个正常人，不是吗？可是我的好朋友镜子却沉默了，一直沉默地陪我度过了十个春秋。

……

我的养父是个浑蛋！这是我养母告诉我的。

她说养父是个白眼狼，他有了狐狸精就忘记在他穷困潦倒的时候是谁不离不弃地守在他身边！她说她恨不得把他的狼心狗肺给掏出来喂狗！

突然，沉默了多年的镜子又对我笑了。对，当年父亲也是这样讲母亲的。他真的把母亲的心挖了出来！其实那个男人只是母亲的大学同学。

这时，我们身后响起了开门声，是养父回来了。

我把刀递给养母，养母被怒火充斥了全身，她愤怒地接过刀冲向了来不及反应的养父。

养母真的把养父的心挖了出来。那跳动的滴着热血的心脏被养母狠狠地剁成了肉沫。

……

养母被抓了。人们都说她疯了。

……

我好奇地看着镜子里的自己："镜子，你能不能告诉我，他们怎么都说她疯了呢？她真的疯了吗？"

但是镜子没有回答我。

就这样，我又成了孤儿。

夜是那样的安静，我站在窗前看着弯弯的月亮。奇怪了，我怎么什么也不记得了？我好像是失忆了！而且，我总是做着同样的梦。梦里，我拿着镜子对着自己讲话。

……

不知道这句话相传了多久，但是却真的很有哲理——时间如白驹过隙！

我很快乐地生活着，一直到我考上了我梦想已久的医科大学。

在我住的房子里有一个很古老的梳妆镜。不知怎么了，我对这个梳妆镜有着特殊的感觉。

有一天，我竟然发现我最好的朋友和我最爱的人在一起。

回到住处，看着梳妆镜里的自己，我问："我为什么没有冲进去？"

镜子对我笑了！

……

镜子：你终于回来了！我等你等了很久你知道吗？

方芸静静地躺在解剖台上。她睡着了，她睡着的样子真的很美！

连尹天拿着解剖刀站在一旁，微笑着把刀刃划向方芸光滑的肌肤。

我站在连尹天身边，问："你心疼吗？"

连尹天摇了摇头："不。我只是想看看鲜活的心脏是什么样的！"

连尹天的眼睛里闪着野兽一样的光。他是个疯子！他才是真正的剐子手！他把安眠药放在水里，给爱他的女人喝，喝了之后便是沉睡，然后他取出她们的心脏。

他非常欣赏在他的手里跳动的心脏，欣赏完了再放回去，不会要了她们的性命！

他总是把时间掌握得刚刚好，让他既可以欣赏到跳动的心脏，又不会背上一个杀人犯的罪名。

"看，多美啊！"连尹天捧着方芸的心脏在手里贪婪地看着。

我的胃随着那颗心脏的跳动而翻腾起来。

连尹天鄙夷地看着我，笑道："亲爱的，你怎么了？那么苍白的东西你都不觉恶心，这么鲜活的你倒恶心起来了？"

我扶着墙，吐得一塌糊涂。

连尹天欣赏够了，便把心脏给方芸放了回去。

我看着连尹天满足的眼神想起了有一次我住的地方没有了热水，便到学校的女生宿舍浴室里冲凉。我惊讶地看着几位漂亮的学姐胸口狰狞的疤痕，她们看见了我惊讶的目光，躲闪着离开了。或许她们知道但不敢说，或许她们也很吃惊怎么会这样。

我站起来，走到连尹天身后："你的缝合技术可真烂！"

连尹天很不以为意："我又不是裁缝。"

我问："那什么时候能轮到我？"

连尹天转过身看着我，认真地说："不会的。亲爱的，我不会伤害你的！"

"是吗？"我笑着看着他，你伤害我还少吗？

方芸曾偷偷调查过连尹天。他是个多情的人，他的心若给我留一点，恐怕那小得只能用显微镜看了。

"这是什么？"连尹天从大腿上拔下一根针头，疑惑地看着我，"这是什么？亲爱的，你在玩什么游戏？"

我丢掉手里的注射器，冷冷一笑。我举起手里的解剖刀，看着连尹天那张虚伪的脸："对，亲爱的。我是在跟你玩个游戏，你不是也常常跟别的女孩子玩吗？今天你也试一试吧！这针里只不过是一点麻醉剂。你还记不记得你答应过我，如果你敢背叛我，我就会把你的心挖出来！亲爱的，游戏现在……开始！"

连尹天惊恐地瞪着我，嘴张合了一下，渐渐地闭上眼睛倒在解剖台下。

我满意地笑了起来，对已经睡着的连尹天说："亲爱的，我的缝合技术可是不错的！但是对于你来说，可能不需要了！"

坐在梳妆台前，我精心地打理着我的长发。

长夜习习，女，巨蟹座。最喜欢做的事是在一个安静的环境下，听音乐，写东西，性格内外双修！

突然，门被撞开了。房东老头恐惧地指着我对身旁的警察说："同志，就是她！她竟然把一个人的心脏扔进下水道里。我说三更半夜的老在下水道跟前晃悠什么呢，还好让我看见，不然真让这个凶手逃脱了！"

"于文静，我们是市公安刑警大队的。经我们对报案人发现的心脏 DNA 和一具无心男尸的 DNA 对比，证实那颗心脏是属于无心男尸的。你现在涉嫌一起杀人解尸案，请即刻跟我们回去接受调查！"

我微笑着放下梳子，走了出去。

镜子说："干得漂亮！"

……

我是爱着连尹天的，他的心里也有我。也许他也是真心爱我的，但是他更爱他手里的那把解剖刀，以及我胸腔里那颗跳动的心脏！我相信用不了多久，我就会成为他刀下的下一个解剖对象！

我怎么又回到这里了，他们又把我当成了疯子。他们太过分了！竟然把我最好的朋友镜子拿走了，我找不到它！

"唉，看。那个于文静又回来了。我还以为她好了呢！十几年了吧？都认不出来了。听说都考上医科大学了，可惜啊！"

"我明天就退休了，没想到又看见她了！真可怜，都长这么大了。亭亭玉立的，要是不疯啊，肯定有很多男人追她！"

"这就是命！"

又是这几个啰唆的女人！对了，她们一定知道我的镜子在哪儿！

"请问，你们看见我的镜子了吗？"我微笑。

"你们去哪儿啊？还没告诉我，我的镜子在哪儿呢！"我仍然微笑着。

"跑什么呀？为什么要跑啊？"我依旧微笑着，但是我的笑容里掺着一种叫做疑惑的东西。

"呵呵，你们谁看见我的镜子了吗？"

……

【调调点评】：作者将悬疑的气氛把握得很好，不停地在亦真亦假之间变换，但是之间的过渡又处理得很好，细节描写也挺不错的，悬疑的气氛很浓！

身为一个编辑，每天接触最多的玩意儿就是电脑了！

每个编辑的电脑里总有一些不可告人的秘密，今天小锅搞了一个突击检查……

果然……有很多惊人的发现呢！！！

编辑们桌面大揭秘

【朵爷的桌面图片】

● 小锅：啊！我看到了"公司最恶心照片"合集，快发给我看看！

● 调调：哟！我看到了"秒哥的【消音】片"！等一会我过来拷！

● 狸崽：天啊！我看到一个很恐怖的东西——"淑女必备"！朵爷，你要变成娘们了吗！

● 朵爷：……

【调调的桌面图片】

● 小锅：调姐！你是大爱这张图片！上期的头像也是这个！

● 狸崽：55555……调姐！最下面那个"小狸欠我的钱"是特意给我看的吗！

● 朵爷：调姐……你竟然在上班时间偷偷讨论"超短裙透风"的问题！！加上我一起聊呀！

● 调调：……

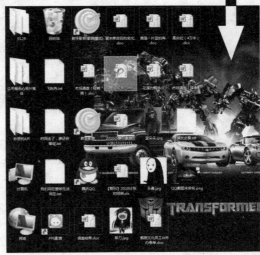

🔖 **朵爷**：……MD，能让那堆没嘴巴的猫从老娘视线里消失吗！！你是有多爱这个东西！！

🔖 **调调**：不会啊！多可爱啊，快点教我怎么改这个文件夹图标！！

🔖 **小狸**：小锅，截图前你收拾了对不对！！昨天我路过你这儿，明明看到桌面上的图标是满的。那些"小狮X照"，"淘宝砍价秘诀"之类的玩意儿去哪了……

🔖 **小锅**：……你们放过一个少女吧！！！

🔖 **调调**："调调结婚照"合集，其实里面啥也没有对吗！都是假的！！

🔖 **小锅**：狸崽……你想喝水吗？我帮你倒呀，桌面上那张小锅卸妆照就删掉吧，何必自己吓自己呢！！！

🔖 **朵爷**：我什么时候跟网络部那个鬼崽子变成狗男女了？我KAO！放过我吧！！！……

🔖 **小狸**：……🔖

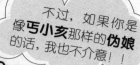
不过，如果你是像**丐小亥**那样的**伪娘**的话，我也不介意！！

心理测试——
测试你**发疯**的时候，会到何种程度！
这是传说中←**女生专用**の测试题！

　　人生在世，总要发飙一次的、即使是狸崽那种活在淡定世界里的人，也会有失去理智、奋起发飙的一天！……更别说朵爷那种一天到晚背着炸药包的家伙了！

　　只是，发疯的症状千奇百怪，来看看你是哪一种！

　　神仙给了你一个机会，一挥手，把你带到了你生平最恨的人家里。仇人正好不在家，你可以任意毁坏他／她家里任何家具、电器、用品，如果有四样东西让你选，你会先选择毁坏哪一样？

A：背投电视

B：波斯地毯

C：科勒马桶

D：实木衣柜

A：你是个看起来理智的疯子，属于比较善良的一类人，你周围的朋友必定不少，因为你很容易被别人接纳，说你是疯子过分了点，其实只是偶尔有些精神分裂。

- -

调调：狸崽果然是……连发疯都是疯得理智的人！

橙子：小狸，你的人生一点都不圆满！

小锅：只是"偶尔"吗……我怎么听说她经常一个人在家里演《还珠格格》！

狸崽：……

【代表人物】：
小狸

185

B：你是个很记仇的人，当你被仇恨冲昏了头脑的时候，你会是个可怕的疯子，你对仇人下手决不留情，杀之而后快，希望你以后遇事保持清醒的头脑，世上没后悔药吃的哦！

橙子：调姐，真看不出呀！

狸崽：好准，调姐就是这样的人！！！

小锅：调姐，我有什么东西没交的吗！555……

调调：你们这些小兔崽子，给我过来！

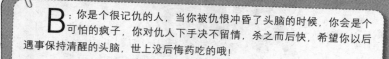

【代表人物】：
调调

【代表人物】：
蓝朵朵

C：你……是个很可爱的疯子，发疯的时候也不忘像星爷的电影般搞笑，你发疯的时候很多，但造成的危害不大，很多人乐于和你这种半疯半醒的人在一起，以寻找生活的乐趣。

调调：朵爷啊，跟小锅住，开心吗？有寻找到人生的乐趣吗！！！

朵爷：乐趣没有，只是她晚上睡觉从来不关灯！

狸崽：小锅，有什么不开心的事，讲出来给大家开心一下呀！

小锅：没有……

【代表人物】：
小锅

D：疯子！你是个不折不扣的疯子！你骁勇、好斗、残忍、精明且体力超出常人！有时候你会莫名其妙地想毁坏一些东西，哪怕这些东西跟你毫无关系，你的突发性思维很强，别人根本不知道你下一步又要干啥，精神病院和恐怖分子你这种人最多，你得赶快把精力集中在工作或学习上，免得害人。

小锅：一个字，准！

调调：简直就是为她量身打造的答案！

狸崽：女人真可怕！！！

朵爷：……🐰

疯狂的便笺墙

我觉得看完这期的便笺墙，大家会觉得编辑部里的人都是一群疯子！真的！！！

朵爷长期以来的心愿

啊！！！变成娘们吧！！！

小锅：朵姬，你终于长大了……

违心的丐小亥

我爱魅丽，我爱上班，我爱大 BOSS……

小锅：你……可以再假一点！！！

有谁想跟我一起去衡山求姻缘吗？

小锅：狸崽，封建迷信是不可取滴！……要不，顺便帮我求个发财符吧！

人格分裂的小锅

世界如此美丽，我却如此暴躁，这样不好不好！

小锅：……被逼到这个份上，调姐，你能放过我吗？

每天在发行部揪头发的鸭子

来呀！你来逼死我呀！你倒是来逼死我呀！

小锅：鸭子姐姐，我给您唱首儿歌吧……生产队里养了一群小鸭子！！

关闭(C)

关闭(C)　发送(S)

go 后的豌豆蒙

杯具！什么时候起我们的话题变成了"嫁得出去"和"嫁不出去"？

小锅：这是一个很严肃很值得深入探讨的话题！！可是……你让我们80后怎么活？

你知道的，我缺稿如缺命……收 [4千到8千的青春爱情稿] 以及 [8千到1万5的恐怖悬疑稿]

每天看着忙碌其实偷偷跟小妹妹聊天的木卫四

小锅：我觉得……你缺了小妹妹才是缺命！！

留言类——

To 朵爷：

算我跪在地上求你了，早上早点起床好吗！！给你定了5个闹钟，再加上我深情的呼唤，我也无法把你从被窝里揪出来，我实在是对自己失望极了……你忍心看着我如此消极下去吗！！你忍心看着每个月从屈指可数的一点点工资中还要扣掉那么多迟到的钱吗？朵爷，为了你能嫁得好，早上5点就起床好吗！

——迟到次数总第一名的小锅留

小锅：朵爷，你听见我的心声了吗！！！

To 某个新来的编辑：

求你了，不要一下子叫我向 XX，一下子又叫我调调，一下子叫我调姐，一下子又叫我调总好吗？……我的小心肝承受不起！

——精神分裂的调调留

小锅：……那到底要叫你什么呢！！！

To 小锅：

小锅，听说……你真实的脸比深蓝还要黑，是真的吗？你明天能不化妆来上班，让我瞻仰一下吗？

——好奇心旺盛的小狸留

小锅：瞻仰你妹啊！！不化妆……我死都不会出门的！！明天你见不到我了，再见……👃

188

让我们共同制造一个人的一生命运吧!

漫画:速水上

召集幻想症和非幻想症患者,让故事接龙接到太阳系顶端!

在这里,任何情节都有可能发生"只要你想得到!

各位同胞奔走相告吧,人越多越好玩,我们的目标是让全国人民都来参与这个游戏,排队排到火星上!!!噢耶

今天的主题是:让我们共同制造一个人的一生命运吧,从出生开始一直到死为止!

不准插队,喂,说你呢,赶紧过来排队!!!

小狸

刚出生的时候......

那六个点是什么意思?

刚出生的小孩子,什么话都不会说嘛!呵呵呵......

小锅

哼!算你狠!!

小学时代

芙暖

上小学的时候,我因为太"2"而风靡全校。

做过最出格的事情就是偷偷捡了校长的假发用手指转转着玩。

还有一次在作文里写"我的老师"。

我们数学老师总是穿着大蓝色裤头和大红色秋裤。你问我怎么知道的?

因为他把他的白衬衣塞在裤头下面了!

我小学毕业那天,全校老师痛哭流涕地欢送我,

尤其是我们的校长,他激动得差点从主席台上跳下来给我一个拥抱!

这次,他终于记得跳下来之前先用手摁住了自己的假发。

小锅

高中时代

我终于上了高中,这个时候,我已经变成了一个德智体美劳全方位发展的好学生,各科老师都十分之宠爱我,恨不得把我揉在心尖尖上~

敬老院

每个周末,我还会深入民间,去敬老院帮那些爷爷奶奶们解闷。

召集幻想症和非幻想症患者，让故事接龙接到太阳系顶端！

在这里，任何情节都有可能发生~只要你想得到！

各位同胞奔走相告吧，人越多越好玩，我们的目标是让全国人民都来参与这个游戏，排队排到火星上！！！噢耶……

今天的主题是：让我们共同制造一个人的一生命运吧，从出生开始一直到死为止！

不准插队，喂，说你呢，赶紧过来排队！！！

……

（小锅：那六个点是什么意思？）

（小狸：刚出生的小孩子，什么话都不会说嘛，呵呵呵……）

（小锅：哼！算你狠！！）

上小学的时候，我因为太"2"而风靡全校。做过最出格的事情就是偷偷捡了校长的假发用手指转着玩。还有一次在作文里写"我的老师"。我们数学老师总是穿着大蓝色裤头和大红色秋裤。你问我怎么知道？因为他把他的白衬衣塞在裤头下面了！我小学毕业那天，全校老师痛哭流涕地欢送我，尤其是我们的校长，他激动得差点从主席台上跳下来给我一个拥抱！这次，他终于记得跳下来之前先用手摁住了自己的假发。

我终于上了高中，这个时候，我已经变成了一个德智体美劳全方位发展的好学生，各科老师都十分之宠爱我，恨不得把我揉在心尖尖上……每个周末，我还会深入民间，去敬老院帮那些爷爷奶奶们解闷。由于这个周末刚好碰到了"学雷锋日"，我去的时候，看到张家奶奶已经洗了5次头，李家爷爷

剪了6次指甲，
王家婆婆的衣服
全被洗干净挂在
院子里……看来，这个月，我都不用来敬老院了！

丐小亥：
上班后

我以为上班很好玩，结果竟然遇见了一群神经病，具体是哪几个，我想，你们懂的！！！每天一踏进公司大门的时候，都有一种莫名的压力……就好像BOSS趴在我的肩膀上一样，压得我喘不过气来！每天坐着同一辆车，看着同一群人，吃着同一种菜，做着同一种事……我什么时候能老去……

蓝朵朵：
七老八十的时候

等了这么久，我终于老了！

终于不用每天早起去上班，不用因为写不出互动而在家里摔杯子，不用怕迟到而被BOSS扣钱，啊！好生惬意的人生啊！！！

每天睡到自然醒，然后身边围着我的崽们，一个给我敲背，一个给我按腿，一个给我端茶，一个喂我吃饭……（小锅：你是瘫痪了吗？）孙子孙女们，一会儿给我唱《我们的祖国是花园》，一会儿给我演《还珠格格》，说真的，我真喜欢里面的桂嬷嬷，年轻的时候，还跟小锅、丐小亥几人组成了一个桂皮帮……

不晓得，小锅那厮还活着吗，明天不如去敬老院看看她！

造人……
一生的计划！！！

爱心厨房
值班大厨:小狸

恋上草莓慕斯

草莓是很多女孩钟爱的水果,它有着可爱的心形,鲜嫩欲滴;它也有着清新的气息,香甜的口感;那酸酸甜甜的滋味就像是爱情的味道,让你停不了口。今天就让心灵手巧、蕙质兰心的狸惠(调调 & 小锅:呕……我前天的晚饭都要吐出来了!)教你们将这份爱包裹进甜蜜的蛋糕,带给你爱的人一份别样的惊喜。

【准备材料】

(6 寸圆模)

🧁 **海绵蛋糕:**
鸡蛋 2 个、糖 50 克、低筋面粉 50 克、杏仁粉 20 克

🧁 **围边蛋糕:**
杏仁粉 100 克、糖粉 100 克、低筋面粉 30 克、全蛋 3 个、蛋白 3 个、无盐黄油 20 克、糖 20 克、草莓果酱适量

🧁 **慕斯部分:**
新鲜草莓 150 克、鱼胶粉 3 大匙、糖 30 克、动物性鲜奶油 200 克、柠檬汁少许

🧁 **装饰部分:**
草莓适量、透明果胶适量

①

【大厨露一手啦!】

将海绵蛋糕材料中的 2 个鸡蛋分开蛋白和蛋黄(可使用蛋清分离器哦),蛋白放在无水无油的盆中,用打蛋器打起粗泡,50 克糖分两次加入后打至干性发泡。

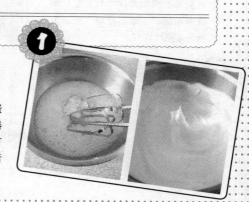

恋上草莓慕斯

将蛋黄打散，倒入打发的蛋白中并加入杏仁粉，筛入低筋面粉后快速拌匀（这是对手劲的一项大考验啊，狸崽的手要断啦！）。

2

3

将拌好的面糊倒入裱花袋中，用圆口花嘴挤出和模型直径一样大的漩涡状圆盘2片，筛上糖粉后放入190度预热的烤箱中，烘烤10分钟左右后取出放凉去掉油纸。将围边蛋糕材料中的糖粉、低筋面粉过筛，再加入杏仁粉和3个鸡蛋，搅拌均匀。

将20克黄油融化，取少量拌好的面糊加入黄油中，搅拌均匀。3个蛋白打至粗泡后将20克糖分两次加入后打发。取适量打发蛋白与没有加入黄油的面糊搅拌，然后全部倒入蛋白中轻拌，最后将加入黄油的面糊倒入搅拌均匀。

4

5

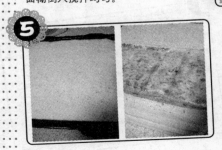

将拌好的面糊放入铺好油纸的烤盘中，放入200度预热的烤箱中烘烤10分钟后取出脱模，放凉后片成2片，再从中间切开成为4片和模型差不多高的蛋糕片。在其中一片蛋糕片上均匀地涂上果酱，再放上一片蛋糕片，涂果酱，重复动作直到将所有蛋糕片盖上。

6

将叠好的蛋糕片两端切齐后再切成条状，竖起码在模型中，尽量码得紧一些做成围边，将海绵蛋糕片修成模型大小后放在模型底部。

7

将150克草莓清洗干净后去蒂，放入调理机中打成草莓泥，放入锅中加入30克糖和鱼胶粉，边加热边搅拌至鱼胶粉融化后离火，加入柠檬汁后放凉备用。将200克鲜奶油打至6分发，加入放凉的草莓泥拌匀。

8

将拌好的慕斯馅倒入模型中至1/2处，放上另一片海绵蛋糕，再倒入剩余的慕斯馅至9分满，放入冰箱冷藏2个小时以上，凝固后装饰切半的草莓，并在草莓上涂果胶即可。

累得半死的小狸：嗷嗷～我终于大功告成了！大家快来围观啊！

调调一脸嫌弃地走过来：这是什么呀？草莓果盆吗？

狸崽：调大妈！这可是少女最爱吃的草莓慕斯呢，酸酸甜甜就是我……

听到"少女"二字亢奋的小锅：我是少女，我是少女我要吃！

路过的朵爷咆哮：小锅！你还吃！！咋晚睡觉你差点把我挤下床啦！再吃那张床就要被咱俩睡垮啦！

狸崽和调调：哇！有JQ！

小锅（……）：我是吃完草莓慕斯就去减肥的少女锅！啦啦啦～

朵爷：-_-！**6**

图书馆——
昼若书卷好时光

窗外连日的阴雨让人的心情也开始阴霾，身体内似乎有什么在蠢蠢欲动。周日在家睡懒觉，被难得的照进房间的阳光叫醒，一个暖暖的午后，泡上一杯红茶，沐浴在阳光里捧着泛着墨香的书本细细阅读，品味那被雕刻在书卷上的最好时光。

夏有乔木 雅望天堂

作者：籽月
出版社：春风文艺出版社
定价：18.00 元
内容简介：

16 岁的少女雅望，应爸爸的要求去照顾其战友之子——10 岁的夏木。

美丽的男孩夏木因为童年时期经历的一场由亲生母亲制造的死亡现场，从此生活在一个人的世界里，无法与外界产生一丝的共鸣与沟通，而雅望的温暖渐渐融化了夏木的心。雅望青梅竹马的恋人唐小天高中毕业后去当兵，并且认识了曲蔚然，却是引狼入室。从此雅望、夏木、唐小天，他们三个人的命运都因此而发生翻天覆地的改变……

孤独而固执的少年，对爱情的执著如冰雪般单纯。

他爱她，所以不喜欢她青梅竹马的恋人；

他爱她，所以用子弹帮她报仇；

他爱她，所以可以任由自己的生活因她而崩塌。

花火 2010 年最黑马校园小说，5 年来花火连载作品中读者投票唯一挑战"凉生"热度的小说，创下主编看稿以来首次"飚泪风暴"！

这个季节，它的悲伤让整个花火编辑部为之落泪。

某日木卫四跑来：狸崽，你看过《夏有乔木 雅望天堂》吗？真是太好看了，你一定要去看哦！

三千鸦杀

作者：十四郎

出版社：春风文艺出版社

定价：19.80元

内容简介：

三千世界，不负今生；有生之年，誓死娇宠。

朝阳台上，公主帝姬一曲东风桃花，绝艳天下。

而一场琉璃火，让世上再无大燕国，前尘往事如梦过。隐姓埋名的公主帝姬潜伏在修仙之地香取山成了小杂役覃川，不意故人纷纷粉墨登场，以前的恋人左紫辰失了记忆与玄珠相依相偎，而横地里跳出来个风流倜傥玉树临风的傅九云，对她诸多刁难百般挑逗，真假难分，恩宠难受。趁着白河龙王在香取山作乱，覃川盗了山主的宝物，扬长而去。此时自知受到欺骗的傅九云勃然大怒，不远万里追上她。得知她的使命后，无法阻止，只能用自己的生命去成全。而她不知道，为了遇见她，他已经独自守望千年。

这十生十世的夙愿、牵绊、情缘，历尽劫波，是换来他和她今生今世的永不分离，还是忘川边上奈何桥前的相见无期？

一段等待千年的禁忌之爱，一部历经十生十世的爱情传奇！三生石上亦无法镌刻的痴情：就算命中注定没有你，我也要逆天而行守护你。

海龟女十四郎再开三千世界，为你缔造一场感动三界挫骨扬灰的仙侠爱恋。

小白驾到，请多关照

作者：路筝
出版社：春风文艺出版社
定价：18.00 元
内容简介：

路人甲余农农，是学校的一朵小浮云。喜欢同学慕容博，却遭人横刀夺爱；喜欢写文码字，却是个无点击无评论无收藏的小透明，一路蜗牛般默默往上爬，终于遇到生命中最重要的两个他，一个为师，一个是友，一个叫遗憾，一个叫欺骗，等到文笔不再生涩，也历遍破碎悲哀种种滋味。原来，每个人的成长，都是一次痛彻心扉的撕裂。

第一次心动、恋爱、找工作，谁不曾跌跌撞撞，似余农农这样的新人小白？迷茫、彷徨、自卑，在某一天，忽然否定自己的所有一切。

《花火》空降温情大神路筝，37°文字书写心酸的浪漫。

偷菜网游暧昧四起＋跟文码字妙趣横生 ＝100% 怦然心动的治愈系爱情

周杰伦《蜗牛》小说版：花火百万读者群中，最具共鸣的青春小说！

光影之间——

童话中的韩剧

当狸惠还是一个小萝莉时，韩剧像龙卷风过境般登陆中国，那时谁能料到这股热潮可以延续至今。而我们到底看韩剧什么？有人说韩剧有着很丰富的元素，当剧情无聊时我们可以看演员表情，看完表情可以看化妆，看完化妆看衣服，再不行就听那舒缓动人的配乐；总之你总能找到让自己看下去的理由，而这就是韩剧的魅力所在！

灰姑娘的姐姐

剧名：灰姑娘的姐姐
外文名：Cinderella's Sister
集数：20 集
主演：文根英／千正明
　　　瑞雨／玉泽演

还记得童话故事《灰姑娘》吗？如果灰姑娘和灰姑娘的姐姐生活在 21 世纪，那么究竟谁会成为水晶鞋的主人？《灰姑娘的姐姐》为你讲述的就是一个从灰姑娘的姐姐的视角中看到的反向思维的灰姑娘故事，这将是一个继母的女儿——灰姑娘的姐姐自己找回真正的自我的新的童话。对恩祖来说，爱情这样甜蜜的词语竟是种奢侈，而孝善虽然从小就生活在人们温暖的爱里，却因为从小就失去了妈妈，所以一直不停地渴求别人来爱自己。两个有着不同父母、在不一样的环境中长大的少女，在一个家生活的过程中，相互厌恶、同爱着一个人、又同样在彼此的背后心痛。但是在两个少女爱着一个男子，长为一个成熟女人的过程中，两个人的差异也渐渐消失了。不管谁是灰姑娘姐姐，谁是灰姑娘，她们的人生都是一样的痛苦而又甜蜜。这部电视剧通过这两个少女和一个男子，讲述了一个关于人生和爱情的女性童话。

小狸（挥着鞭子咆哮催稿）：交稿啦！

清忧（扭手指）：狸崽，你淡定点~我对不起你！我昨晚跑去看《灰姑娘的姐姐》了，本来只打算看一集，结果我一不小心看到了凌晨四点……

小狸（鞭子甩得哗哗响）：嗯哼！然后呢？

清忧：然后今天我的眼睛肿得像核桃，Oh，no，太悲情了！

小狸：嗯哼！什么时候给我稿子？

清忧：狸崽，我交下期好不好？我决定今晚继续加油，把它看完~哦啦啦！

小狸（吐血而亡）：你！！你给我回来……

清忧绝情地撒丫子翻翻而去了……

韩正洙　朴时厚

金素妍

检察官公主 GO

剧名：检察官公主
集数：16 集
主演：金素妍 / 朴时厚 / 韩正洙 / 朴贞雅

中部地方检察院刚刚上任的检察官、东方建设公司马会长的女儿马惠理是一个美貌与智慧集于一身的女人，顺利通过司法考试当上检察官。

不过这是一个没多大责任感只想去血拼购物的检察官。不喜欢辛苦的事情，如果有漂亮衣服，睡着觉也会一骨碌爬起来的马惠理，凭着能流畅背诵新上名牌货单的卓越集中力和记忆力一次性通过司法考试，但她打死也不想做麻烦讨厌的事情，是一个与检察官的正义感和使命感有着很大距离的人物。她觉得检察官这个职业与自己的性格格格不入，马惠理经历到与挑剔的前辈的矛盾和欺骗、诬告、暴行等所有强力事件，逐渐具备了作为检察官的资质。帅帅的男主角和扑朔迷离的三角恋让人欲罢不能地一直追看下去。

调调：哇！这部剧的女猪脚是金素妍呢！我一定要去看！

小锅：调姐……你好激动！但是！金素妍是谁挖？我是少女锅，我不认识老艺人呢？好忧伤……

调调（恶狠狠地瞟着小锅）：EN？你想说甚！（是想说老娘老了吗？老娘马上开了你！！）

小锅（狗腿的）：调姐，你真是博古通今，知识好生渊博哦！

调调：呵呵呵……

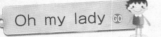

剧名：
Oh my lady

集数：16集

主题曲：
你的人偶

主演：
崔始源
蔡琳

　　这是一部定位于都市浪漫爱情的喜剧，讲述的是已过青春之年被人戏称为老大妈的尹杰华与前任丈夫离婚后，由于要独自养育女儿，不得不为了生计而四处寻觅合适工作，却在误打误撞下成为了当红顶级巨星的经纪人，之前处处看不惯明星们耍大牌的杰华，决定为这位大牌重整星路。结果没想到却与其擦出了爱情的火花，就这样徘徊于音乐公司老板李贤宇与崔始源之间。而男主角成珉宇的初恋情人尤拉作为海归派成功人士在知名服装品牌旗下担任营销部组长，对旧情念念不忘的尤拉极力促成公司选用珉宇担任品牌形象代言人，并不惜向公司申请巨额赞助等，时刻专注于把珉宇制造成天皇巨星般的风云人物。尤拉的再次出现令珉宇一时难以选择，一场爱情拉锯战就此拉开，究竟他们的爱情将何去何从？

看完这部电视剧后，调调默默缠起一块大妈头巾，偷偷拿起一块抹布……

不明真相的狸崽：调姐，你想做甚啊？

大妈调（努力清理着大BOSS的红木桌）：Oh！原来十元呕巴喜欢会做家务的女人！从今天开始我要学做一名勤劳的【消音】女！（双手合十呈少女状）说不定哪天我也能勾搭上一个帅哥明星呢！

狸崽（……）：调姐，你想多了！再见！！

音乐盒子

有没有那么一首歌，会让你掉眼泪

每一首难忘的歌曲后面都有一段难忘的回忆。时光渐渐流逝，但记忆却深深埋藏在内心的一个角落里，也许你以为已经忘记，但每当我们无意中哼唱出这些老歌的时候，那一段段支离破碎的记忆会随着歌声浮现在眼前，不经意间，泪水涌出了眼窝，也许甜蜜也许辛酸……

我们说好的——
张 靓 颖

好吗一句话就哽住了喉／城市当
背景的海市蜃楼
我们像分隔成一整个宇宙
再见都化作乌有
我们说好决不放开相互牵的手／
可现实说过有爱还不够
走到分岔的路口／你向左我向右
我们都倔强地不曾回头
我们说好就算分开一样做朋友
时间说我们从此不可能再问候
人群中再次邂逅／你变得那么瘦
我还是沦陷在你的眼眸
我们说好一起老去看细水长流／
　却将会成为别人的某某
　又到分岔的路口／你向左我向
　右／我们都强忍着不曾回头
我们说好下个永恒里面再碰头
爱情会活在当时光节节败退后
下一次如果邂逅／你别再那么瘦
我想一直沦陷在你的眼眸／这是
无可救药爱情的荒谬

　　再也没有一首歌，能让我如此执著！每次听到这首歌，我就忍不住泪眼汪汪，再也没有心情做饭给朵爷吃了……

　　如果一首歌被灌注了感情，那么它就再也难以被你忘记。有人说，声音在脑海里停留的时间是最长久的，歌曲未变，但一个人向左，一个人向右，物事全非。背灯和月就花阴，已是十年踪迹十年心。我希望，如果下一次和他邂逅，不会沦陷在他的眼眸！！

　　这首歌，送给所有在爱情里走失的孩子，尤其是那些明明是两个人从校园里走出来，却在人海里变成只有一个人的故事主角。

心如刀割——张学友

我的天是灰色 / 我的心是蓝色
触摸着你的心 / 竟是透明的
你的悠然自得 / 我却束手无策
我的心痛竟是你的快乐
其实我不想对你恋恋不舍 / 但
什么让我辗转反侧
不觉我说着说着天就亮了 / 我
的唇角尝到一种苦涩
我是真的为你哭了 / 你是真的
随他走了
就在这一刻 / 全世界伤心角色
又多了我一个
我是真的为你爱了 / 你是真的
跟他走了
能给的我全都给了我都舍得 /
除了让你知道我心如刀割

【调调推荐】

虽然某调是个音痴，但是男友却是个麦霸，外骚的他偷偷地录了这首歌，每次我俩吵架的时候，男友就把它放在网上给我听，听到男友那充满柔情的可怜兮兮的……的声音和唯美的歌词，某调总是被感动得一塌糊涂……所以这首歌成了男友的必杀绝技！

很爱很爱你——
刘若英

我想她的确是 更适合你的女子
我太不够温柔 优雅成熟懂事
如果我退回到 好朋友的位置
你也就不再需要 为难成这样子
很爱很爱你所以愿意
舍得让你往更多幸福的地方飞去
很爱很爱你只有让你拥有爱情 我才安心
看着她走向你那幅画面多美丽
如果我会哭泣也是因为欢喜
地球上两个人 能相遇不容易
做不成你的情人我仍感激
很爱很爱你所以愿意
不牵绊你飞向幸福的地方去

【小狸推荐】

每次听到这首歌，脑中就浮现奶茶温婉的模样，也会想起她那段无望的单恋。

我一直认为这首歌是唱给她深爱了15年的那个男人的，因为她明白，她与他一生的"猿粪"都只能写成"师徒"两字。某次在节目中看到奶茶对他说："如果我飞远了，你可以拉线啊，风筝的线永远在你的手里！你一拉线，我就会回来的！"那个男人沉默片刻后说："可是，我找不到线了！"